ずずず

草間かずえ
Kazue Kusama

幻冬舎MC

ずずず

目次

ずずず

コンサート

ドサッと、女の子とアッキーママの鞄がぶつかった。鞄からはボールペンが少し下り坂になったフロアの床を転がり、口紅までもがアッキーママの足元に落ちてしまった。誰かに踏まれそうなボールペンと口紅を、アッキーママは慌てて拾い上げた。そして顔を上げると、そこには赤いリュックサックを背負った、まだあどけなさが残る女の子がいた。その女の子は小さな声だが申し訳なさそうに、ごめんなさいと謝った。アッキーママも、「こちらこそ、ごめんなさいね」と謝ったのだった。

誰もが認める天才的なアーティストの歌唱力、そして迫力感、メンバーそれぞれの個性を生かした壮大な舞台、世代を超えて人気のある有名なバンドのコンサートが終わり、アッキーの家族みんながまだ余韻に浸り、出口に向かって歩いていた時の出来事だった。

アッキーは女の子の顔を見ると素っ頓狂な声で言った。

「あれ〜、あれ〜どこかで見たよね」

赤いリュックサックの女の子はアッキーを見て、何も言葉が出ないでいた。

「確か同じクラスだよね？　え〜と、ひまりちゃん、ひまりちゃんだよね？」

「はい、ひまりです」

「ひとりで来たの？」

「はい」

触れると消えてしまう、しゃぼん玉のような返事だった。


ひまりはアッキーと同じクラスメートだった。ひまりは、自分がひとりでコンサートに来ている事がなんだかとても恥ずかしくなってきた。

アッキーパパはひまりがアッキーと同じクラスメートで、しかもひとりで来ていることを知ると、「せっかくだから一緒にお茶でも飲んでいこう」と優しく誘った。アッキーパパはアッキーにどこかお店を探してこいと言いながら、アッキーママの目を見て了解を得た。アッキーママも笑顔を返して、とても嬉しそうである。アッキーはものの五分もしないうちに戻ってきた。

「探して来たよ。あの角を左に曲がってすぐのところが、一階がイタリアンで、二階がカフェになってたよ」

「おい、席は空いてたか？」

「奥の席のお客さんが帰るところだったから予約して来たよ」

「ずいぶんと気が利くなぁ」

なんだか少し舞い上がっているアッキーだ。そんな彼を見てアッキーパパもアッキーママも嬉しそうだった。アッキーとひまりは無言だが横に並んで前を歩き、その後ろをアッキーパパとアッキーママが歩き、カフェまでの道のりを急いだ。

カフェの席にみんながそろって座ると、アッキーとアッキーパパとアッキーママの視線がひまりにいっぺんに集まった。すると、ひまりの耳が次第に赤くなっていったのだった。

アッキーはメニューを見て、ココア、と言いかけたが、紅茶にすると言い直した。ひまりはアッキーと同じ紅茶でと、テーブルに目を落としたまま言った。

アッキーパパとアッキーママはコーヒーを注文した。間もなく運ばれてきたコーヒーはひきたての豆なのか、香り高い湯気が黒色の上でゆらゆらしている。そして間もなくアッキーとひまりに紅茶が運ばれてきた。が、その紅茶を見ると、えっ、と一瞬みんなが沈黙になった。そのティーカップにはお湯の中にティーバッグが入っていて、なんだか紅茶の色はとても薄かった。今日のコンサートの興奮が一気に冷めていった。アッキーは自分が何も悪いことをしてないけれどひまりに謝った。ひまりは恥ずかしそうに下を向いたまま、紅茶をひとくちすすった。最初に、アッキーママが口を開いた。

「さっきはごめんなさいね、もっと気を付けていれば良かったわ」

ひまりの方を見ながら言った。今日のアッキーママはとても元気で明るかった。普段アッキーママは外出する事が少なく家で留守番なので、アッキーパパもとても嬉しそうである。

どうしてひとりで来たのか聞きたかったが、無理に聞くことはやめた。ひまりはまだ、うつむいたままであったが、しばらくすると重い口を開いた。

「母がこのバンドの大ファンだったんです。母は少し前に亡くなりました。一緒に行こうと約束していました。チケットがようやく取れたので……母はとても楽しみにしていました。だから、ひとりで来ました」

涙が出そうなのを必死にこらえている様子だった。そしてひまりは、紅茶を遠慮深げにもう一口飲んだ。アッキーパパがひまりの顔を見ずに、

「それは悪いこと聞いちゃったな」

「いいえ、良いんです」とひまりが答えた。

しばらく、誰もが声を発することが出来ないでいた。すると、突然ひまりは、ごちそうさまを言うと立ち上がりお店を飛び出していった。席の横には赤いリュックサックがそのままちょこんと忘れてあった。アッキーママがそれに気がついて、アッキーパパが大きな声で叫んだ。

「おい、すぐに追いかけろ」

アッキーに赤いリュックサックを渡した。周りのお客はざわざわとしてアッキーの後ろ姿を見ていたのだった。

アッキーはすぐには戻って来なかった。そして、電話も繋がらない。アッキーママはとても心配していた。

「仕方がない事だよ」

と、言いながらもアッキーパパの方がもっと心配している様子だ。

しばらくして駅の改札口に向かっていると、アッキーから連絡があった。

「今、津田沼駅。ひまりちゃんを家まで送るから」

アッキーパパが頼むぞと言うか言わぬ間に、電話口からは無機質な音だけが流れた。


ひまりは津田沼駅からはバスに乗って帰るのだと言う。ちょうどバスが発着所に止まっていた。ひまりは少し足早になった。そして二人が乗るとすぐに動き出した。アッキーはすぐに空いている席を見つけるとひまりを座らせた。ここから三十分もかかる。それだけ言うとひまりは、窓の外の夜の景色を見ているばかりで、吊革につかまって立っているアッキーを見ようともしない。何も話しかけないでと言わんばかりである。三十分もかかるなんて随分と田舎なんだと、アッキーはひまりと同じ夜の景色をバスの窓から見ながら呟いた。

ここで降りるからと、ひまりは立ち上がったのでアッキーも一緒に停留所に降り立った。

「今日はごめんなさい。皆さんがとても楽しそうだったので……」

「大丈夫だよ、気にするなよ」

「私はもうここでいいですから」

「そんな訳にはいかないよ、ちゃんと家まで送るから」

アッキーはあたりをキョロキョロ見回した。しかし、ひまりは動かなかった。アッキーは何だか意味が解らない。

「ここのマンションなの」

よくよく後ろを振り返って見ると、薄青色の四階建てのマンションがあった。大きなアーチ型の入口の横には、確かに大きく野中マンションと書いてある。

「バス停の目の前なんだ、すごいね」

「便利だけど車の音がうるさいの。雨の日には濡れないけどね」

そう言いながら、ふふ、と笑った。ひまりが笑うのを初めて見たアッキーだった。

「私は車の音には慣れているけど、初めて家に来る人はすごい音ねってびっくりするの」

そう言いながらまた笑うのだった。

「玄関の前まで見届けるから、何階？」

「ここ一階なの。今日はどうもありがとう」

すぐそこに玄関のドアがあった。アッキーは超びっくりして大目玉でひまりを見た。

「またね」

アッキーはそう言って歩き出してからすぐに振り返った。そこにはもう、すでにひまりの姿は無かった。今、もしここに流れ星が見えたら時間を戻してくださいと祈ろうかなと、まだまだ少年のアッキーがそこにいた。

教室

次の日、アッキーは教室でひまりを探した。そして、ひまりを見つけると誰にもわからないように近づいて、

「おはよ」

と、声をかけるとトイレに飛び込んだ。誰もいない事を確認すると、鏡に向かってガッツポーズをとった。顔はもうニヤニヤしてだらしない。たった今、ひまりのキョトンとした顔を思い出して、鏡に顔を近づけてアッキーは、『にたぁ〜』としていた。昨日の印象とは少し違っていたが、ひまりはひまりだった。すると誰かがトイレに入って来た。アッキーは普段のいつもの顔になろうと頬を両手で叩いたが、だんだんと頭から熱くなってきてしまった。おでこを触ると少し熱があるようにも思える。そして、教室に戻ったアッ

キーは一番後ろの廊下側の自分の席につき、窓際の一番前のひまりの席の方向に目をやるが、ひまりの背中も見えなかった。何だかわからないが、ひまりの事が気になって仕方がないアッキーだった。

アッキーとひまりが通っている学校は通称『ひがやち』と呼ばれていた。入学式はこの間終わったばかりで、今までとはまるで違う別世界にアッキーは戸惑っていた。男子の制服は紺の上着に千鳥格子の模様のズボンで赤色のネクタイ、女子は紺の上着とスカート、そしてベストが千鳥格子の模様だった。女子もネクタイで、かなり斬新なデザインの制服である。アッキーはこの千鳥格子の模様のズボンが嫌でたまらなかった。だぶだぶとしていてまだまだ長く、裾上げが随分としてあり背が高くなるのを待っているようだ。男女ともに皆ネクタイを苦労して結んでいた。お父さんに教わっている生徒もいたが、なかなか上手く結べない。アッキーも毎朝何度も結び直し、遅刻しそうになることもあった。

ぼ〜っとしていたら、斜め前から少しハスキーな声で呼びかけられた。

「よっ、俺、浩司。よろしくな」

「あ〜、俺、アッキーだよ。よろしく」

簡単な挨拶だったが、案外気が合いそうに感じたアッキーである。

「俺、かるた部に入るよ。アッキーは？　あっ、アッキーって呼んでいいのか？」

「いいよ、俺はサッカー部だよ」

アッキーはかるた部の存在すら知らない、なんて渋いのだろう。どんな部活動なのだろうか？

アッキーは小学生から続けてきたサッカー部である。サッカーが出来る事が嬉しくて嬉しくてたまらない。今は仮入部だが入部用紙の手続きなど不要であった。サッカー小僧がサッカー少年に変わろうとしていた。

とても広い校庭だったが、野球部、陸上部、テニス部などの部活動がいっぺんに練習をするのは不可能だった。毎日サッカーをしたいのに、校庭は曜日ごとに順番が割り振られていた。けれど、晴れの日ばかりでは無い。小雨ならまだしもどしゃ降りの日もある。サッカーの部活動の用意をして来たのにがっかりして、体育館のバレーボール部を横目に帰ることもあるのだった。そんな日は家に帰っておやつを食べるとベッドにダイブするのだった。

少しずつだが幼さの殻が取れてきた頃、アッキーは小さな冒険がしてみたいと思った。勝田台駅のすぐ近くにソフトクリーム屋さんがあることは知っていた。今日は雨でサッカーの部活動が休みになったから、ソフトクリーム屋さんに浩司と行こうと思って誘うと、即答で、行く、行くよと返事が返ってきた。もう帰りの支度をしている。アッキーも慌てて帰る支度をして学校を出た。

そのソフトクリーム屋さんは本当にソフトクリームだけしか無かった。バニラ、ミックス、抹茶の三種類だけしか無い。四角いソフトクリームを作る機械の横には、おじちゃんが椅子に座って居眠りをしていた。アッキーと浩司が近づいて行くと驚いて目を覚ました様子だった。浩司は迷うこともなく『バニラ、お願いします』と言った。アッキーは数秒考えたが抹茶にした。おじちゃんが機械のレバーの下に、ソフトクリームのコーンを持つと器用に動かし始めた。ぐるり、ぐるり、ちょんと、浩司のバニラのソフトクリームは出来上がった。次にアッキーの抹茶のソフトクリームも出来上がった。少し不愛想なおじちゃんだが、寄り道するには案外といい所だとアッキーは思いながら抹茶のソフトクリームを食べていた。

それはそうとアッキーはひまりの事が、いつも頭の中のどこかにあったのだった。教室で『やあ!』と何度か声を掛けるのだが、いつも軽く会釈をしてくれるだけで会話はまったく無い。コンサートの帰りに野中マンションの前で見せた笑顔はどこにいってしまったのだろう。トイレに駆け込み『にたぁ〜』としたアッキーは、どうすればいいのか自問自答していた。ひまりと話す機会は無く、しばらく時が過ぎていった。

だが、その日は突然やって来た。アッキーはサッカーの部活動が休みで、勝田台駅までの途中にある村上団地の中をひとり歩いて帰る途中だった。村上団地の周辺は緑が多く、季節ごとに花壇に綺麗な花が咲き、春には団地のあちこちの桜も見事に花開いた。家族連れなどが桜の下でシートを敷き、お弁当を食べている光景もよく見られた。水遊び場も所どころ点在しており、夏には小さな子供が歓声をあげるのだった。

放課後、村上団地をアッキーがひとりで歩いて帰る途中だった。少し前のベンチに女の子がひとり座っていた。その後ろ姿は紛れもなくひまりだとわかった。なるべく静かに歩いて三メートル程の距離に近づくと、

「お〜い！　ひまりちゃん」

アッキーはひまりに嫌われたらどうしようか？と、随分と悩んで声をかけたのである。コンサートの日から話をしていない。教室では周りの生徒を意識しているのか、避けられているようにも感じていた。

「あっ、こんにちは」

教室では会釈だけだったのに返事をしてくれたことにアッキーは嬉しくなり、ひまりの座っているベンチに駆け寄った。

「何してるの？」

思い切って尋ねた。嫌われてひまりがベンチから立ち上がって、どこかに行ってしまうかも知れない。ドクンドクンと心臓の鼓動が早くなっていることが、アッキー自身にもわかり、また顔までもが熱くなってきた。緊張しているアッキーに、

「駅まで行く途中の休憩タイムなの」

「へ～、そうなんだ！」

教室では見られない笑顔がそこにはあった。拍子抜けしているアッキーにひまりは、

「キャラメル食べる？」

「食べる、食べる、食べる」

「でも、ごめんね、あと二個しか残ってないよ～」

ひまりの横にもう一人座れる間隔を空けてアッキーは、そっと静かに座った。

あのコンサートの日や教室とはまた違う少女が、このしだれ桜があるベンチに居るのだった。

ひまりは決して美人とか可愛いとか表現する事はできないけれど、素朴な空気感を感じるのがアッキーには不思議だった。しだれ桜のベンチで二人してずっと空を見上げていられそうだった。

アッキーはもらったキャラメルをすぐに食べてしまった。するとひまりの方から話しかけてきた。

「みんな、桜は満開、満開って言うけどね、桜吹雪の中で道路がピンクの絨毯になっているのが私はとても好きなんだ」

「そうなんだ！」

「うん、このしだれ桜のベンチがとても好きなの」

ゆっくりだがはっきりとした話し方だった。そしてケラケラと口を開けて笑うのだった。

アッキーは思い切ってひまりに質問した。

「学校、面白い？」

するとひまりは恥ずかしそうに
「友達がなかなかできないの。最近はもう、ひとりぼっちでも良いかなぁと思い始めてるの」

（ひとりぼっち～、え～、ひまりが、ひとりぼっち）

アッキーはひと呼吸すると空を見上げながら思い切って言った。

「そうなんだ～、そっかぁ～。ならさ、ならさ、よっしゃ！　俺が第一号の友達になるよ。どこか、ご不満はございますでしょうか？」

改まった言葉尻が可笑しかったのか、ひまりは大きな目を細くしてケラケラと笑うのだった。

「友達は女の子を希望しているんだけど……」

「そんなのどっちでも良いじゃんか！」

そう言うと笑いながらベンチから立ち上がり、大きく手を広げて背伸びをした。

抹茶ソフト

「そういえばさぁ、家の最寄り駅はどこなの？」

と、アッキーは、ひまりに聞いた。ひまりは、あっさりと、

「大久保駅」

と、答えた。アッキーはガガガ～ンと今にも脳天から脳細胞が飛び出しそうになった。

「俺も大久保駅」

それを聞くとひまりはまん丸の目をさらに大きくさせた。なんでなんでと二人は不思議になり、お互いの目を見て声がしばらく出なかった。コンサートの日は夜でバスに乗っていたから、大久保駅を通過したのをアッキーは気付かなかったようだ。

「私は図書館側の改札口なの。自転車で大久保駅に通っているけど、さすがにひどい雨の日だけバスに乗っている」

そう言うとまた、まん丸の目を今度はパチパチとさせた。アッキーはひまりがこんなにも明るくて無邪気なのだと驚いた。

「アッキーさんの改札口は？」

「おい、おい、今さらアッキーさんはないだろ。俺は、ひまりって呼ぶよ」

「呼び捨ては、ないでしょう～」

と頬をふくらませたひまりだった。すると、アッキーはジャンケンをして決めようと言い出した。まるで小学生みたいだと思ったが、ひまりは負けた。『ひまりちゃん』ではなく『ひまり』に決定した。

するると、アッキーは調子に乗りひまりを家まで、また送りたいと思い始めた。しかし、アッキーの家は反対の大学側の改札口だった。ひまりは絶対に嫌だと怒りそうである。しつこくして嫌われたくなかったが、このまま帰るのは寂しすぎた。偶然はもう起こらないかも知れない。ならば、あのソフトクリーム屋さんにひまりを誘ってみようと思った。ひまりはどんな顔をするだろうか、ソフトクリームは好きだろうか？

「あのさ～ソフトクリームを食べに行かない？　どう？」

遠慮がちだがここは強く迫ってみた。

「ソフトクリームねぇ～。う～ん、どうしようかな？」

ひまりは口を閉じて首を傾けた。それを見たアッキーは返事を待たずに駆け出していた。すると、後ろからひまりが走って来るではないか。やったー！　とアッキーはVサインをしたのだった。

ソフトクリーム屋さんのお店の前に来ると、あのおじちゃんがやはり、居眠りをして座っていた。アッキーが、すみませんと言ったが起きない。もう一度、怒鳴るようにして声を掛けた。すると、おじちゃんがびっくりして椅子から落ちそうになった。ひまりは思わず声を出して笑うと、おじちゃんはひまりを見るなり顔をしわくちゃにして『いらっしゃい』と言うではないか、この間の不愛想なおじちゃんとは別人のようだった。

このソフトクリーム屋さんは浩司と探検済みである。やはり男ならもたもたしたところは見せられないとアッキーは意気込んでいた。ひまりは抹茶ソフトクリームにするとすぐに決めた。アッキーも抹茶ソフトクリームが大好きなので嬉しくなり、おじちゃんに二つ頼んだ。ぐるり、ぐるり、チョンと先にアッキーの抹茶ソフトクリームが出来上がった。次はひまりの番だ。おじちゃんはひまりを見てから、ぐるり、ぐるり、そしてもう一度、ぐるり、そしてチョンだった。何でだ、ずるいではないか、アッキーはおじちゃんを睨み付けた。

おじちゃんは『また、来てね～』とひまりを見ながら言うと、また椅子に座って手まで振っているではないか。浩司が聞いたらすごく怒るに違いなかったが、今日の事は誰にも話したくないアッキーだった。

まぁ良いか、と思ってひまりを見ると、溶けて落ちないようにともう食べ始めていた。溶けてだらりとならないように二人は黙々と食べていた。抹茶ソフトクリームのコーンの部分になって、ひまりはようやく落ち着いて話し始めた。あのおじちゃん、面白いねとアッキーの顔を見て話しかけると、アッキーの口の周りは緑色になっていてひまりは大笑いした。アッキーはひまりも同じだよと言うと、ひまりは照れくさそうにはにかんで下を向いた。

ダージリン紅茶

ひまりはアッキーママが死んでしまったお母さんに、どことなく雰囲気が似ているのをコンサートでぶつかってしまった時から強く感じていた。その優しく包み込むような笑顔と語り口は、ひまりのお母さんそのものだった。コンサートの日、みんなで紅茶を飲んでいる時に突然帰ってきてしまったのも、そんな気持ちからの行動だったのだ。ひまりは、またアッキーママに会いたい気持ちが湧いてきていた。アッキーに頼んでみてもいいのだが、ひまりはアッキーママと、どうしても二人きりでゆっくりと会いたかった。そして、お母さんが死んだ苦しみや悲しみを優しく聞いてもらいたかった。もちろん、アッキーには話せない事がたくさんあったのだった。

ある日、ひまりは放課後にアッキーママに会いに行く決断をした。ひまりは時に大胆である。突然行ったら、驚いてしまうだろう。アッキーに言わなくちゃ、言わなくちゃと授業中も思いつづけていたひまりだったが、やっぱり言えずに放課後になってしまったのである。住所はわかっていた。ひまりは住所を頼りに探してみる事にしたが、アッキーがもし帰っていたらとか、後から帰ってきたらとか、考えてみると不安になるばかりであった。家を探せないかも知れない。ただの無駄足になるかも知れない。けれど、ただただ、アッキーママの笑顔が見たくて仕方がなかった。そして、今のひまりのありったけの勇気を振り絞って夕暮れにはまだ早いアスファルトの道路を急ぎ足で歩き始めたのだった。

ここだ、やっと、やっと見つけた、表札はローマ字でとてもお洒落に書かれていた。庭にはクレマチスがフェンスに絡み、オリーブの木だろうか、立派にそびえたっていた。ひまりはアッキーママが手入れをしているのだろうかと思いをはせた。しばらく玄関のピンポンを押せずに立ち尽くしていた。アッキーに黙って来てしまっているのだ。やっぱりこのまま帰ろうか、いやここまで苦労して探したのだ。二つの思いが行ったり来たりしていたのだった。

「よしっ」

ひまりは少しだけ大きな声を出して、自分に気合を入れるとブザーを押した。だが、すぐに返事は無かった。もう一度ブザーを押す勇気は、今のひまりに持ち合わせてはいない。

あと三十秒だけここで待ってみよう、そして、帰ろう。庭の花たちを眺められるだけで幸せになるだろう、と、思った瞬間インターホンから、

「は〜い、どちら様ですか?」

確かにアッキーママの声がした。

「ひ、ひまりです。ひまりで〜す」

あまりの嬉しさに声が上ずりひまりは興奮状態である。ほどなくアッキーママが出迎えてくれた。ひまりはまるで小学生のようにアッキーママに抱きついてしまった。すると、アッキーママも細い腕だがしっかりとハグしてくれた。ひとしきり、ふたりは玄関でわぁわぁと歓声を上げていたが、

「どうぞ、どうぞ、良かったら上がって。だいぶ散らかっているけどお茶を飲みましょう」

「いいんですか? 突然来たのにいいんですか? 本当にいいんですか?」

「ひまりちゃんなら大歓迎よ」

アッキーママこそ不意の来客に、嬉しさを隠し切れない様子である。

「コーヒーにする? 紅茶にする? あっ、そうだ、紅茶にしましょう。美味しいダージリン紅茶の茶葉があったわ。本格的に美味しい紅茶を淹れるから待っててね」

「はい、ありがとうございます。とても嬉しいです」

「いつかの、あのコンサートの日の紅茶の百倍も美味しく淹れるからね」

「楽しみです」

「ティーカップは私のお気に入りのスイトピーのカップで良いかしら？　アッキーが生まれた時に記念に買ったものなのよ。デパートに買いに行ったのだけど、そうしたらね、すぐに目に飛び込んできたの。ティーカップの方から買って〜って言わんばかりで、アッキーパパと笑っちゃったわ」

アッキーママの方が気分がハイテンションで一気に話をしたのだった。夕焼けが深いオレンジ色になるまで、ひまりとアッキーママはとても楽しい時間を過ごしたのだった。

秘密

次の日、ひまりは学校に行くのをとても億劫に感じていた。それは、やはり昨日、内緒でアッキーママの家、アッキーの家に行ってしまった事が気がかりであった。アッキーに怒られるだろうか、不安な気持ちのまま教室のドアを開けた。すると、アッキーはまだ登校してはいなかった。モヤモヤした気持ちが次第に落ち着いていくひまりであった、が、ひまりは授業が始まるまで、自分の席に座ったまま後ろを振り返る事はしなかったのである。

一時間目の授業が終わり、ひまりはオドオドと後ろを振り返ると、アッキーは同じクラスメイトの浩司とふざけて遊んでいた。アッキーの隣には、キーコと言う女の子も座っていて三人がとても楽しそうにしている。キーコはひまりとは大違いで、明るくて勉強も運動も出来そうな第一印象であった。キーコみたいになれたならとひまりは素朴に思っていた。そのキーコとひまりが大接近するとは、まだ、誰も知らなかったのだ。まさか、ひまりやアッキー、浩司たちがキーコの家にお泊まりする事になるとは、未来は本当に予測不可能なものである。

それはそうと、アッキーはひまりが黙ってアッキーの家に遊びに行って怒っているのだろうか、何も言ってこないのはどうしてだろう、ひまりは一時間目の授業ではノートをとる事さえ出来ずにいた。そして、アッキーと会話するチャンスがないまま午前中が過ぎていったのだった。

昼休み、アッキーの方から話しかけてきた。アッキーママのことは会話に出ない。遠慮がちにひまりはアッキーに昨日の事を切り出した。

「あのさ、昨日は黙って遊びに行ってごめんね」

「ん、なになに。どうしたの?」

「えっ、アッキーママから聞いてない?」

「何も聞いてないよ。どうしたんだ?」

「昨日、学校が終わってからアッキーの家に行ったの。アッキーママにとても会いたくなって行っちゃった。ごめんなさい」

「そうだったんだ。俺に言ってくれれば良かったのに」

「うん。でも、アッキーママと二人で会いたかったんだ。アッキーママが美味しいダージリン紅茶を淹れてくれたの。素敵なスイトピーのティーカップにね」

「あ〜、アッキーママのダージリン紅茶は本当にうまいよな」

ひまりはアッキーが怒っていないのに心から安堵し、また遊びに行ってアッキーママとたくさんお喋りして楽しい時間を過ごしたいと思っているのだった。


しばらく時は過ぎていった。冷たく、しとしとと降っていた雨がようやく上がった放課後、ひまりはアッキーに聞いた。

「今日、これからアッキーの家に行っていいかな?」

アッキーはそのひまりの言葉に一瞬、どきっとした。そろそろ、そんな事を聞かれるのではないかと思っていたからだ。アッキーは頭がぐるぐる回転してすぐに言葉が出ない。どうしたものかと下を向いて考えているとひまりは、再び聞いてきた。

「ねぇ、アッキーママにまた会いに行ってはだめかなぁ?」

アッキーは嘘をつきたくは無かった。ひまりにだけは嘘をつきたく無かった。でも、し

かし、けれど、なんて答えていいかわからない。アッキーは口をへの字にして無言のままひまりの顔を見てから、

「アッキーママは今、家に居ないんだ」

知らなくてもいい事がある。知らない方がいい事もある。けれど、今、アッキーはひまりに伝えた方がいいと思った。

「どうしたの？　旅行にでも行ったの？」

「いや、違うんだ」

「どうしたの？　どうしたの？　どうしたの？」

ひまりはしつこく聞いてきた。

「入院したんだ」

「え〜〜〜、どこが悪いの？　怪我でもしたの？　それとも病気？」

ひまりは大きな目を大きく開けてびっくりしている。

「う〜ん、う〜ん、怪我じゃないんだ。病気なんだ」

アッキーの『病気』と言う単語はどこか悲しげである。

「どんな病気？　内科？」

「う〜ん、内科じゃないんだ、精神科なんだ」

「精神科〜〜〜？」

またまた、ひまりは大きな目をさらに、大きく開けてアッキーを見つめたのだった。

入院告白

「アッキーママのお見舞いに行きたい、だめかなぁ？」

「無理だよ、精神科のお見舞いは原則、家族だけが面会できるんだってさ」

「どうして？　どうしてなの？　家族だけが面会なの？　アッキーはアッキーママのお見舞いに行ったの？」

「行ってないよ、もうすぐ退院してくるから。ひまりは心配しなくても良いから」


数日後の日曜日、アッキーはサッカーの部活だった。天気予報では晴れ時々曇りとなっていたのにずっと空は曇ったままだった。アッキーの気持ちも晴れやかでない。この間、ひまりにアッキーママが入院していることを話した事がどこか心の中に引っかかっていた。アッキー自身もお見舞いに行っていないことを、ひまりに叱られたような責められたような気持ちになっていた。アッキーママのお見舞いはアッキーパパが時々行っている様子だったから何も心配などしていなかった。アッキーパパから『一緒に病院にお見舞いに行こう』と言われたこともなかった。そもそも、一カ月足らずで退院して帰って来るのだからお見舞いなんか必要ないとアッキーは思っていた。元気になって病気も治り、今までの明るくておっちょこちょいのアッキーママに変身して帰って来るのだ。何も心配などしていなかった。それなのにひまりがとても心配している、心配してくれているのだ。アッキーは自分はとても冷たい人間なのかなと思いながらサッカーの部活へと向かった。空はまだ曇ったままだった。

サッカーの部活が始まったがアッキーはミスばかりをして、コーチに何度か大きな声で怒鳴られた。アッキーは何かわからないが胸騒ぎがして、気になって仕方がない。原因は、やはりアッキーママの入院をひまりに告白し、ひまりにアッキーママの病院の名前と場所を聞かれたことだ。ひまりには精神科の面会は家族だけだと伝えた。ひまりがお見舞いに行っても会えないことはわかっているはずだから大丈夫だ。アッキーはそう自分自身を納得させようとしていたが、やはりどこか引っかかるものがあってサッカーに気合いが入らない。そうだ、やっぱりひまりに連絡してみよう。もしかしたら病院を見に行くだけでもと出かけているかも知れない。いろいろな思いがアッキーの心の中で渦をまいていた。サッカーのコーチには『ひどい腹痛がする』とお腹を抱えて訴え早退した。

焦る気持ちのまま、ひまりに連絡したがなかなか通じない。やっと声を聞けたかと思うとひまりはか細い声で、

「今、船橋駅、アッキーママの病院にいく途中なの」

「なにやってんだよ、面会できないんだぞ、勝手なことするなよ」

「わかってる。だからお手紙を書いたの、受付で渡すだけだから」

「病院は遠いぞ、場所はわかるのか？　一緒に行くから、おい、ひまり、聞いているか？　船橋駅のベンチに座って待ってろ、そこを動くな。俺が探すから、絶対に動くなよ」

船橋駅

『ぽん』と後ろから肩をたたかれて、びっくりして振り向くと笑顔のアッキーがそこにいた。ひまりを怒りもせずにただ笑って立っていた。アッキーママが今日、退院したからもう帰ろうと教えてくれた。すっかり良くなり元気になって帰ってきて、これから退院祝いをアッキーの家でするのだと聞いた。もう、お見舞いの必要なんかないからと、ひまりにこれから一緒に行こうと誘ってくれた。せわしなく急いで帰ろうとするアッキーに、ひまりはお祝いに何かお花を贈りたいと伝えた。そんなに気を使わないで良いからとアッキーは言ったのだがひまりは一度言い出したら聞かないのである。

お花屋さんには、三、四人の客がいてそれぞれ花を選んでいた。ひまりはその人達をかきわけて店員さんに話しかけた。そして悩みもせずに一本の花を手に取った。淡いピンク色のスイトピーだった。流れるようなフリルの花びらの模様は、どこかで見たような気がしているアッキーだった。なんとなく初めて見た印象では無かった。そんな思いをしながらひまりの選んだスイトピーを、アッキーはしげしげと眺めていたら、ひまりはアッキーママの大好きな花だと教えてくれた。以前、アッキーの家に遊びに行った時に、アッキーママと一緒に飲んだティーカップの模様が、このスイトピーだとひまりは言って、とても嬉しそうで子供のようにはしゃいでいた。そう言えばそのティーカップでダージリン紅茶を、よくアッキーにも淹れて出してくれていた。その花の名前は聞いたことはあるが、実際に花を手にしたのは初めてだった。

『痛いっ！』

ごそっと何か重たいものがひまりの足元に直撃した。何かと思って見ると赤いリュックサックが落ちていた。それはもちろん、ひまりのリュックサックだが、しばらく訳がわからなかった。駅のホームではせわしなく歩く人の姿が見える。気が付くとひまりは駅のベンチに座ったままだった。私はここで何をしているのだろうか？　あっ、そうだ、アッキーママのお見舞いに行くところだったのだ。でも、確か退院したからそのお祝いにスイトピーの花を買ったはずなのに、なぜか持ってない。今の状況がわからないひまりだった。

あれ、これって夢だったのか、そっか、夢を見ていたのだと我に返った。アッキーママは退院してないのだ、これからお見舞いにいく途中だった。あれっ、手紙はあるか。ひまりは赤いリュックサックの中を確認した。緑色の封筒の模様は小さなウサギである。ひまりはウサギがとても好きだった。死んだお母さんが毎日のようにピーターラビットの本を読み聞かせをしてくれていたのだった。主人公のピーターラビットはウサギである。遠い地方の美術館までひまりは死んだお母さんと一緒に、ピーターラビット展を見に行った思い出がある。そこで買い求めたのがその封筒であった。夢から覚めたひまりは封筒を見つめて、駅のホームのベンチに座ってただ首を長くしてアッキーを待っていた。

アッキーは特急電車に飛び乗り、ひまりの待つ船橋駅に向かった。その電車の中で自分の出で立ちに初めて気付いて恥ずかしくなり呆れた。汗臭いサッカーのユニフォームのままであり、シューズは何色なのかもわからないほどひどく汚れていた。電車の中で乗客はアッキーに近寄らず、目の前に座っていた少し白髪のある女性が席をずれて座り直した。いいや、いいや気にしない、それよりもひまりとアッキーママのお見舞いに行くのだ。アッキーも行ったことがないのに、本当に病院までたどり着けるのかとても不安だった。けれど、ひまりには決して、悟られないようにしなくてはならない。アッキーが不安になればひまりはすぐに動揺するに違いない。今の時間は四時である。面会時間の終了は五時だとアッキーパパから聞いていた。さあ、これからがアッキーとひまりの大冒険の始まりだった。

ひまりはホームの後ろの方のベンチに座っていた。赤いリュックサックがアッキーの目の中に飛び込んできた。あたりをキョロキョロと見回しているひまりを見つけた。赤いリュックサックを両手で大事そうに抱えて浅くベンチに腰かけていた。アッキーは大きく手を振ってひまりの名前を呼びながら、混んでいるホームを走った。途中で幼稚園くらいであろうか小さな男の子に軽くぶつかってしまい、アッキーはその男の子と一緒にいたお母さんに深々と頭を下げて謝った。そして、ひまりの座っているベンチの前にやって来た。少し息がぜいぜいしていたアッキーだったが、『なに勝手なことしてるんだよ』と言おうとする前にひまりが、

「ごめんなさい」

と、ベンチから立ち上がって頭をぺこんと下げながら、か細い声で謝った。アッキーはさっきの言葉を飲み込むとじっとひまりの目を見つめた。ひまりも口を固く閉じて何も言わずにいた。すると、ホームに滑り込んで来た電車の発車メロディーが鳴った。アッキーはひまりの手首をつかみ、赤いリュックサックも持ってふたりで電車に飛び乗った。アッキーは声を出さずに口もとだけで笑顔を見せた。ひまりはまだ固い表情のまま、もう一度

『ごめんなさい』を言った。アッキーは、

「行こう、一緒にお見舞いに行こうよ」

今度は明るい大きな声でひまりに言った。

「ありがとう」

「面会時間が終わるのが、五時なんだ、間に合うかな？　急ごう」

「本当にごめんなさい」

何度も謝るひまりに、

「もういいよ。そんなに謝らなくて。それよりひまりが面会できるかどうかわからないよ。俺は息子だから大丈夫だと思うけどさ」

「わかってる、手紙を書いてきたから、それだけ病院の受付に渡して帰ろうと思ったの。会えなくてもいいの」

そう言いながらひまりは今日初めての可愛い笑顔をアッキーに見せてくれた。

そんな話をしていたら乗り換えの駅を通り過ぎてしまった。あわてて次の駅で降りると、ひまりはアッキーに赤いリュックサックを持ってもらっていることに気付いた。ひまりが赤いリュックサックを持とうとするとアッキーは、

「いいよ、持つよ」

と、返事をしたが、

「アッキーママへ大事な手紙が入っているの、自分で持つから大丈夫」

と言いながらひまりはもう一度、赤いリュックサックに手紙が入っていることを確認した。

おんぶ

ようやくアッキーとひまりは、アッキーママの入院している病院の最寄り駅についた。あいにく病院への直行便のバスは行ったばかりで、誰も停留所に待っている人はいない。他にバス停留所は見当たらなく困ってしまった。次のバスは三十分後で、アッキーはひとり悩んでしまった。ひまりを不安にはさせたくなかったので、停留所にひまりを待たせて駅に戻り駅員に道を尋ねた。すると、歩くと二十分程だと教えてくれた。アッキーは自分一人なら走れば十分もかからないだろうが、ひまりと一緒である。ひまりは走るのがとても遅いのだ。どうすればいいのだろう、どうしようか、すでに時間は四時を過ぎていた。面会終了時間の五時に間に合うだろうか？　アッキーママに会えるだろうか、バスを待てば時間に間に合わないし、ひまりと相談している時間も無い。やはり歩くしかない、いや、走るしかない。ひまりのいる停留所に戻ると、いきなりひまりの手を握るとアッキーは走りだした。ひまりはびっくりする間もなくて、すぐ下の道路の段差につまずきそうになった。アッキーの『走るぞ』の声にひまりも時間がないことを感じ走りだした。アッキーの手は汗で濡れていて熱かった。一〇〇メートルを少し過ぎると、もうひまりの走る速度が急に落ちた。それでも繋がる手と手がひまりを懸命に走らせていた。そして、しばらくはアッキーに付いていこうと必死にひまりは走った。けれど、まだ、三分も経っていないというのにひまりはアッキーの手を離して立ち止まってしまった。

「もうダメ、走れない」

ひまりの息は荒く肩が上下に動いていた。

「手紙、書いてきたんだろ、間に合わないぞ、頑張れ」

すると、ひまりは励まされ、また走りだした。もう、アッキーと手を離してひとりで走っている。この調子なら面会時間に間に合う。アッキーママはどんな顔をするだろうか、びっくりして、そして喜んでくれるだろうか。そう思いながら走っていると、後ろにひまりの気配が無い。少し後ろで座り込んでしまっている。アッキーは後ろに戻りひまりに優しく、

「どうした、疲れたか？　なら、歩こう？　きっと間に合うよ」

「もう無理。歩くのも無理だよ、アッキーママに手紙を渡して来て、お願い」

そう言うとひまりは道に座り込んでしまった。アッキーはもう少し頑張ろうと言って

も立ち上がろうとしない。ひまりにとってこれが限界なのだろう。面会を諦めて帰るか、アッキーがひまりを一人ここで待たせて、アッキーママの所へ行くか、それとも……。

アッキーはひまりの目の前に行き、くるりと後ろ向きになるとしゃがみ込んで無言のままその姿勢でいた。アッキーはひまりを、おんぶ、するしかないと決めた。諦めることもアッキーが一人で行くことも出来なかった。やはり、どこまでも、ひまりと一緒に行きたかった。ひまりはそのアッキーのしゃがみ込んでいる姿勢を見つめながら、ダメとか無理とか言った自分がとても小さく思えた。アッキーは真剣にひまりの事を考えて思ってくれている。ひまりは座り込んでいた腰をあげて、遠慮深くアッキーの背中に身体をくっつけた。

そしてアッキーはひまりを背負い込み、小走りでアッキーママのもとへ急いだ。時間はあまりない、間に合うだろうか？　背中のひまりは無言でアッキーにおぶられていた。

ひまりは自分のお尻や腰のあたりにある、アッキーの熱くなった手を意識していた。ひまりのお父さんの手とはまるで違うが、何かに包み込まれている優しい安心感があった。そして、アッキーも背中にある膨らみ始めた二つが背中に押し付けられて、小走りになる度に二つは小さくゆれ、背中にとても弱いけれど押し付けられた。アッキーの心臓の鼓動は大きくなって、こそばゆい感じがしたのだった。

ようやく病院の玄関にたどり着いた。果てしなく長い時間が過ぎたように思えた二人だった。ひまりを背中から降ろすと自動ドアを通り抜けた。この時アッキーは自動ドアがこんなにものろく開くのかと、足踏みするようにして入口から病院の中に入った。後ろにはひまりがきちんと付いて来ていることを確認した。もう、あまり時間がないので焦っていた。少しでも良いからアッキーママに会いたかった。ひまりも同じはずだ、いや、アッキー以上に会いたいと思っているのに違いない。インフォメーションと書いてあるブースが中央にあった。アッキーとひまりはそこに駆け寄った。眼鏡をかけた女性と、背の高い男性が立っていた。アッキーは、

「すみません、アッキーママの息子です。アッキーママに面会をお願いします」

急いで来たから、まだ息が荒く声が少しかすれている。眼鏡をかけた女性がにっこりとして、アッキーとひまりを見た。まだ、幼い二人を上から下へ、下から上に舐めるように見てから、用紙とボールペンを渡された。アッキーママの名前とアッキーの名前を書いた。続柄は大きく『息子』と書いた。家族なのだと意識してアッキーは書いたのだった。眼鏡をかけた女性は、パソコンのキーボードを素早く打っている。アッキーママの名前を入力しているのだろうが、すぐに怪訝な顔をして横のドアから奥へ入ってしまった。アッキーは時間が無いのに、気持ちがイラつきそうなのを抑えていた。すぐには戻ってこない。ひまりもどうしたんだろうと心配な表情でアッキーの顔を見ている。時間はどんどんと過ぎ

ていき、じれったくてイライラしてきたアッキーは、壁にかかっている時計の針が止まって欲しいと願った。

ドアが開き眼鏡をかけた女性が戻って来た。もう一度、パソコンに目を通してからアッキーの目をじっと見て言った。

「申し訳ありません。アッキーママさんは、ただいま面会謝絶となっております。今日は面会出来ません」

「えっ、面会謝絶～」

アッキーは聞きなれない面会謝絶の意味が分からずにいた。ひまりもただ呆然としていた。

「今日はどうぞお帰りください」

眼鏡をかけた女性の口調は事務的で冷たかった。アッキーの頭の中は一瞬、パニック状態になりそうだった。面会謝絶という言葉は聞いたことがないが、お帰りくださいと言われたのだ。アッキーママと面会出来ないことは確かなのだ。だが、『謝絶』の意味がまったく理解できなかった。ひまりも同じである。眼鏡をかけた女性にアッキーは食ってかかり、叫ぶような大きな声で、

「会わせてください。お願いします。手紙を持ってきました」

叫ぶようなアッキーの声は病院内のロビーに響き渡り、まわりの人達はしげしげと二人を訝しげに見た。そしてまた、

「なんで会えないのですか？　教えてください」

「面会謝絶の理由はお伝え出来ません。どうぞ、今日のところはお帰りください」

「手紙を書いてきました、それだけでも渡してくれませんか？　お願いします」

アッキーも食い下がらない、必死である。このままでは帰れない。

「お手紙はお預かり出来ません。規則になっています」

親切で優しそうな第一印象の眼鏡をかけた女性は、口もとだけが微笑んでいるが、レンズ越しの目は二人を睨んでいるようである。眼鏡をかけた女性は、再びドアの中へと消えてしまった。そして、背の高い男性は無表情で二人にこう言ったのだった。

「気を付けてお帰りください」

もうアッキーママに会えないのだ、帰るしかないのだろうか？　インフォメーションの背の高い男性は、まだこちらを見ている。やはり、帰るしかないのだろうか？　ひまりは黙ったまま下を向いている。アッキーは疲れ果てて待合室の椅子に座ると、ひまりも同じように座った。アッキーはサッカーの練習を途中で抜け出してから、水一滴も飲んでいなかった。こんな日に限って水筒は忘れて来てしまった。販売機でお茶を買おうとしてお財

布を開けると、帰りの交通費ほどしか残っていなかった。販売機の横にウォータークーラーなど設置されているはずも無かった。

アッキーとひまりが病院に来た時から、その一部始終を見ていた紳士がいた。名前は田畑さん。

田畑さん

「おいおい、そこの君たち～」

突然声をかけられて、アッキーはまだ帰らないのかと、叱られるのかと思って振り返った。だが、そこにはにこにこと小さな目をなお一層細くして笑っている嬉しそうな紳士がいた。年齢は幾つなのかアッキーとひまりには全く想像がつかなかった。お兄ちゃんでもなくて、おじいちゃんではあまりにも失礼だが、頭のてっぺんは髪が薄くバーコードの様でもあった。自分達以上の年齢の予測はゼロに等しい。

「喉が渇いてるのかい？」

知らない人から突然そんな事を言われても不気味に思うだけだ。アッキーはひまりをかばうようにして、『ずずずっ』と三歩、後ずさりした。

「アッキーママと知り合いです。田畑と申します。怖がらないでいいよ。僕はここで診察を待っているんだ」

田畑さんは一気に話すと、アッキーの陰に隠れているひまりには、こんにちはの代わりに深々と頭を下げてお辞儀をした。アッキーとひまりは、アッキーママと知り合いだと分かったが、それでもまだまだ不信感はある。何だろうこの人は、患者なのか、診察を待っていると言っている。すると、田畑さんは、

「はい、これ、三百円」

と、アッキーの手を取り握らせると、販売機で好きな飲みものを買ってくればいいよと、また目を細めて二人を見ながら言うのだった。

「そんな、もらえません」

「あげるんじゃないよ、後でアッキーママに返してもらうから、少しの時間だけ貸すだけだから安心してよ」

そう言うとバーコードの頭を掻いていた。

「アッキーママとは知り合いより、友達って言った方がいいかな？　とてもお世話になっているんだ。デイケアも一緒だよ」

「デイケア？」

聞きなれない言葉にアッキーは、思わず呂律が回らない。

「デイケア、ですか？」

ひまりは大きな目をクルクルさせていた。チンプンカンプンで理解できないでいる。とにかく何か飲み物を買ってらっしゃいと田畑さんに強く促されて、二人はお茶を買いに行ったのだった。


戻ってくると、あれっ、さっきまでここにいた、田畑さんがいない。どこかのベンチに座り直したのだろうか？　あたりを見回してもその姿は見えなかった。きつねにつまれたとはこんな事だろうか。ペットボトルのお茶が二本とお釣りの二十円だけが残った。それでも喉はカラカラでアッキーはその一本を、一気に飲み干してしまった。

田畑さんはアッキーママと友達で、『デイケア』っていうところも同じだと言っていた。そして診察を待っているってことは患者なのだろうか？　精神科の患者なのか？　何の病気なんだろう。アッキーママと同じように入院しているのだろうかとアッキーは思った。けれど、どう見ても普通の人だった。どこから見ても、話してみても、普通の人だった。ふと、アッキーママの事を考えた。アッキーママだって普通の人じゃないか、なんでここに入院しているのだろうか。いや、入院させられているのか。いら立ちを感じ始めていた。そんな事を考えているところに田畑さんは再び現れた。

「ごめん、ごめん。診察に呼ばれてたんだ。急に居なくなって悪かったね、びっくりしただろう」

診察とはどんなのだろうか。注射でもするのか、血液検査か、血圧測定、はたまたドクターと話をするだけか？　質問したい事はたくさんあったが、その前にアッキーママのことが知りたいアッキーとひまりだった。『面会謝絶』と言われたばかりである。ベットに寝たきり状態なのだろうか？　話も出来ないのだろうか？　食事はどうしてるのだろう。

アッキーとひまりの気持ちを察すると、田畑さんはあっさりと、

「アッキーママは今は個室にいるんだ。きっともうすぐ出てくるよ〜」

アッキーとひまりは『個室』と聞くと同時に田畑さんを見上げた。田畑さんは逆に驚いてしまった。精神科の入院の病棟では個室は珍しくない。ただ、鍵をかけられることが多いだけだと、田畑さんは付け加えた。

「アッキーママは個室と大部屋を行ったり来たりしてるよ」

なんで？　と、アッキーとひまりは田畑さんの次の言葉を待っていた。それなのに田畑さんはひまりの顔をちょくちょく見て、バーコードの頭を触っている。アッキーの顔は見ようともしない。

個室とは俗に言う特別室なのだろうか、なぜ今、アッキーママが個室で『面会謝絶』なのだろう。そして、また田畑さんはひまりに向かって唐突だがとても小さな声で言った。

「手紙をアッキーママに秘密で渡してあげようか？」

ここの病院とデイケアには売店があり、イートインもあるからそこで話をしようかと、田畑さんは提案した。眼鏡をかけた女性と背の高い男性の近くでは、田畑さんに色々聞きたいことも聞けないので、アッキーとひまりは素直に後ろに付いて歩くことにした。

「売店は三階にあるよ」

と、田畑さんはまたひまりの顔だけを見て、少しだけ腰をかがめて言った。アッキーは何だか、ひまりを取られたようで面白くない。三階までエレベーターで行こうとまた話しかけているではないか。アッキーママとも友達だと言っている。本当に信用していいのだろうか、その辺にいる、いやらし気な男かも知れない。一階からエレベーターに乗ろうとしてドアが開いた。幼稚園くらいの女の子が、隣にいるお母さんらしい人に頭をたたかれていた。いやたたかれているのではない。ずっと、ずっと頭をたたかれ続けている。その女の子は泣きもせず、痛いとも、止めてとも何も言わず顔は固く無表情であった。

あの子は家に帰ったらどうしているんだろう。アッキーとひまりも、そう考えているに違いなかった。精神科とはどんなところなのだろうか、どんな患者がいるのだろうか。

売店と田畑さんが言っていたので、駅の売店のような大きさだとアッキーもひまりも思い込んでいた。が、そこは、ファミレスほどの広さがありイートインスペースはガラス張りで展望もよく開放感もあった。田畑さんは左端の窓際のテーブル席を素早く見つけると、二人を手招きした。

田畑さんに手招きされて、その席に二人は座った。アッキーは、ひまりを田畑さんよりなるだけ遠くに座るように促した。だが、かえって会話しやすい位置になってしまった。アッキーはむかむかと面白くない気持ちになったのだ。田畑さんはちょっと待っててと二人に言うと売店の方に消えていった。アッキーは、

「あのさ～田畑さんってさ、嫌な感じだね。そう思わない？」

「ぜんぜん」

ひまりは何事もなかったように平然としている。それどころか、

「アッキーママに手紙を渡してくれるって言ってたね」

ひまりはとても嬉しそうにしていた。そしてアッキーママのことを聞かせてくれそうだねとニコニコとしているではないか。少しすると田畑さんは透明な小さな袋を下げて戻って来た。そして、またひまりに顔を向けて、

「フレンチクルーラーを買って来たよ、好きかな～？」

透明の袋から出されたフレンチクルーラーのドーナツは甘い花の匂いにも似ていた。そんなフレンチクルーラーのドーナツはひまりは見たことも食べた事もなかった。もちろんアッキーもなかった。びっくりする程、ふぁっと軽くて流線の形をしたそのドーナツの食

感にひまりが歓声を上げた。

「田畑さん、すっごい美味しい〜美味しい、美味しい〜です」

「良かった。悩んだけれど、これ、アッキーママも大好きでね、差し入れをすると喜んでくれるんだ。アッキーママはドクターの許可が出ないから、売店に行けないんだよ」

「えっ、売店に行けないんですか？　どうしてですか？」

「どうしてなんだろうね？　僕にもわからないんだ」

「アッキーママは、このフレンチクルーラーが好きなんですね、私も好きになりました」

ひまりと田畑さんの二人は会話が弾んでいた。それなのに、アッキーのフレンチクルーラーはまだ透明な小さな袋に入ったままだった。田畑さんはアッキーに『どうぞ、食べて』と言わないのである。けれど、どうぞと言われてもご馳走になる気持ちにならずに、透明な小さな袋をただただ、見つめているアッキーだった。


遠くからこちらの方に歩いて来る女性がいた。薄いピンク色した制服の女性だ。痩せているのだが、胸がやたら大きくみえる。胸のボタンはきつそうに締められている。髪の毛はベリーショートだ。幾つぐらいだろう、アッキーママと同じ年齢ぐらいか？　やはり年齢を考える力はまったく無かった。それにアッキーはアッキーママの年齢もよく考えれば気にした事もなかった。そして、その女性がこちらに向かって歩いて来て、通りすぎよう

とした瞬間に、

「あらっ～、田畑さん、可愛らしい方達が面会でいいわね～息子さん？　娘さん？」

「いえ、違います」

バーコードの頭をまたかきながら照れくさそうにしている。

「あ～、え～っと、確か田畑さんは独身でお母様と一緒にお暮しよね？」

「はい、そうです」

「まぁ、かわいいガールフレンドとボーイフレンドがいて良いわね」

ボインの薄いピンクの制服の女性は、アッキーとひまりに向かって挨拶をした。

「私は、大滝です。ここでナースをしています、よろしくね！」

大滝ナースはテーブルの上のフレンチクルーラーのドーナツをしげしげと見ていた。そして、

「私も休憩時間に食べようかな～？」

と言いながら立ち去ろうとしていた大滝ナースに、ひまりは突然、立ち上がって、

「アッキーママのことは知っていますか？」

と言うではないか。インフォメーションで帰りなさいと言われたのに、ここでフレンチクルーラーを食べているのだ。怒られるのは確かだろうとアッキーは思うのに、何てことを聞いているのかひやひやしていた。が、大滝ナースはさらりと、ごく当然のように、

「私は、アッキーママと田畑さんの担当のナースですよ」

さらりと言ったのであった。

アッキーはここは毅然とした態度で応じたいと思い、立ち上がると、

「僕はアッキーママの息子です。母がお世話になっております」

少しだけ大人っぽく意識して息子である事を強調して答えた。

大滝ナースは、青いアイシャドウの目を細めて、

「息子さんがいる事は聞いていたけど、まあまあ、とてもイケメンなのね」

そう笑いながら言うとまた歩いて急いでどこかへ消えてしまった。

アッキーは頭がごちゃごちゃしてきた。田畑さんにお金を借りてお茶を買った。田畑さんはアッキーママと友達だ。田畑さんはひまりを意識している。フレンチクルーラーを田畑さんとひまりは食べている。大滝ナースに会った。大滝ナースはアッキーママの担当。大滝ナースは田畑さんも担当。

この一時間にも満たない時間に起こった出来事を、頭で整理することも、理解もできずにいるアッキーだった。そして、目の前にはまだ、田畑さんとひまりがフレンチクルーラーを美味しそうに食べている。ちょっと前にアッキーはひまりを、必死におんぶしていたことは事実なのだ。何だか空虚感か、むなしさか、大きなため息がでたアッキーだった。

デイケア

ひまりはフレンチクルーラーを食べながら、田畑さんに手紙のことを聞きたくて仕方ない。ひまりは田畑さんに手紙の事を話す前に、やはりアッキーに先に承諾をしてもらいたかった。ひまりはアッキーに何度か目配せをした。そして、それに気付いたアッキーは首を横に振った。えっ~なんで？　田畑さんに手紙を渡してもらうのはダメなの？　ひまりは落胆するしかなかった。しかし、ひまりの代わりにアッキーは声をわざと低くして田畑さんにこう言ったのだった。

「手紙をアッキーママに渡してもらう事は出来るのですか？　どうなんですか？」

まるで小さな刑事のようだ。周りの患者さんや面会の人、ドクターや、ナースに聞こえないように小さな声だが凛とした声で毅然とした態度でこう言ったのだった。せっかくひまりがアッキーママに、一生懸命書いてきた手紙なのだ。ここで引き下がる訳にはいかない。アッキーだってひまりと同じようにアッキーママに会いたい。息子でも、『面会謝絶』だと言われたのだ。ひどすぎるではないか。

田畑さんはそれでも、また、ニコニコしてひまりを見ながら、

「アッキーママに『デイケア』で会うから、その時渡してあげるよ。大滝ナースには絶対

に見つからないようにするから、心配しなくてもいいから」

「本当に大丈夫ですか？　見つかったらどうなってしまうんですか？」

ひまりの言葉に返事をせずに、ただただ笑っている田畑さんであった。

それから、アッキーとひまりは『デイケア』の聞きなれない言葉が気になった。なんなのだろう、まったく聞いた事が無かった。すると、それを察して、

「デイケアって、聞きなれない言葉だよね。無理もないよ。僕だって病気になる前は知らなかったんだよ」

「初めて聞きました。お年寄りのデイサービスなら聞いた事があります」

ひまりは、ぽそっと答えた。

すると田畑さんは、近くにパンフレットがあるので待っててねと言って薄い黄色のパンフレットをひまりに手渡したのだった。そして、

「あとで読むといいよ。説明が書いてあるから。知らなくて当たり前だし気にしなくていいよ。難しくて理解しにくいもんだよな」

田畑さんは煙草を吸って来るから、少しここで待っててねの言葉を残して喫煙ブースの方へ行ってしまった。

アッキーとひまりはその薄い黄色のパンフレットをのぞき込んだ。ひまりに渡されたそのパンフレットをひまりはアッキーの膝の上にわざとらしく置くと声には出さずに文字た

ちを追いかけ始めた。もちろんアッキーも興味があったので一緒に読むことにした。

精神科デイケアへようこそ
デイケアとは精神科の医師の診断の指示で行われるリハビリテーションです。さまざまな活動や交流を通して、精神科のリハビリを行う場所です。そして、参加の目的は、ひとそれぞれです。
*家に居てもつまらない
*友達が欲しい
*昼まで寝ている生活リズムを整えたい
*病気の再発を防ぎ、自らの病気のことを知りたい
*学校や職場に行くための準備をしたい
*誰かに悩みを相談したい
*病気との付き合い方を知りたい
*自分らしい生き方を探したい
などを目的としています。さまざまなプログラムがあります。
ヨガ教室、卓球、陶芸教室、書道、パソコンスクール、ガーデニング、レクダンシング、カラオケボイス、フットサル、その他、ブルーベリー狩り、フラダンス、着物スクール、

初詣、音楽鑑賞、等々外出プログラムがたくさん有ります。

参加は自由です。お昼ご飯が出て、コーヒー、紅茶、緑茶など好きな時間に自由に飲んで構いません。冷蔵庫が設置されており、氷も自由に使え、自宅からの飲み物も持って来て冷やせます。

最近、ミネラルウォーターサーバーを新規に入れました。


薄い黄色い色のパンフレットには説明がゴシック体でそう書かれていた。右下の隅にはたんぽぽが二輪、けなげに可愛く描かれていた。ひまりは、『病気の再発を防ぎ、自らの病気のことを知りたい』の項目が気になった。アッキーは最後の『自分らしい生き方を探したい』の項目が目に飛び込んできた。二人して読んではみたものの、解ったような解らないような、そして、やっぱり解らなかった。だが『デイケア』の存在の意味がぼやっ〜とだが見えてきた。こんな所にアッキーママは通っているのだとアッキーは思った。趣味のサークルやお友達とのランチで外出していた訳ではない事だけはわかったのだった。

図書館

ひまりは田畑さんに思い切って、アッキーママの病気の名前を尋ねた。内科でもない。整形外科でもない。精神科とだけアッキーから聞いている。アッキー自身もアッキーママの病名を知らない。田畑さんは声を小さくして、体の上半身をかがめてひまりの耳元に近づいてささやく様に言った。

「『そうきょくせい』、僕も『そうきょくせい』なんだよ。一緒の病気だから、アッキーママの気持ちもよくわかるんだよ」

「『そうきょくせい？』田畑さんも『そうきょくせい？』」

そうなんだ、ひまりは首を傾げた。まったく聞いたこともなかった。アッキーを見ると、口をへの字にして不機嫌そうである。ひまりだけに優しくてアッキーママの病名まで告げているのが面白くない。それでも『そうきょくせい』とはどんな病気だろう。アッキーもそんな言葉は初めて聞いた。アッキーママからもアッキーパパからも聞いたことがない。たいした病気ではないさ、アッキーは自分自身にそう言い聞かせていた。

「ひまりちゃん、僕はそろそろ病室に戻るよ。そうだった、そうだった、手紙を預かるから。誰にも見つからないようにするからね、約束するよ」

軽くウインクして田畑さんはテーブルの下で、ひまりの手紙を受け取った。そして売店のイートインから病棟に向かって歩いていった。田畑さんは一度、振り返って手を振っている。どう考えてもひまりに手を振っているのだ。アッキーママの息子は、俺なんだぞと、言いたいのをぐっと飲み込み心の中で怒鳴っているアッキーだった。

ひまりは次の日の朝、登校してきたアッキーにささやく様に声をかけた。

「おはよう。今日、大久保駅近くの図書館でアッキーママの病気のこと調べてみようと思うの。アッキーも一緒にどう?」

「う~ん、まあ、いいけど」

気乗りがしないアッキーである。調べてみたところでアッキーママが退院してくる訳ではないのだ。知らなくて済むのならそれでも良いのかと思っているのに、ひまりはやけに積極的に調べようとしている。それでも何故だか『そうきょくせい』の言葉はどこか、新鮮でカッコイイ感じもあった。病名がカッコイイとは変な印象ではあるが、最先端の病名なのだろうか、そんな事を思いながら放課後アッキーは渋々だが図書館に向かった。

ひまりはもう先に来ていて何冊も、医学辞典やら体験談の本を五~六冊抱えて机にドンと置いたところだった。まわりの人達は静かに勉強していたので、大きな声でひまりに話しかける訳にはいかない。

「こんなに取り出してきてどうするんだよ」

ぼそっと呟いたがひまりの耳には届かなかったようだ。

ひまりはノートとシャープペンを鞄から出すと、まず分厚い医学辞典を手にとった。埃臭いような感じがあり、ずっと誰にも読まれていないのでは無いかとアッキーはすぐに思った。アッキーは思わずくしゃみが出たが、ひまりはそんなアッキーにはお構いなしで何も言わずにページをめくろうとしていた。その分厚い医学辞典はあいうえお順に病名が並んでいるようだった。

「あ、か、さ、さ、し、す、せ、そ、そあ、そい、そう〜そうき、そうきょ、そうきょく。これかな〜？　これだ、これだ、そうきょくせいしょうがい、これだね」

ひまりはやっと見つけたと喜んでいるようにも見えた。そして、

「こんな漢字初めてみたね、学校で習ったっけ？　難しい漢字だね、すぐには書けないね。それに、これで『そうきょく』って読むんだね」

小さな声だがひまりはアッキーに盛んに声をかけてきて少し興奮している。そして、ノートに書き写し始めたひまりを横目で見ながら、アッキーは何も考えられずに、ぼっ〜としていた。たいした病気じゃないさ、と心の中で何度も繰り返していた。ひまりのノートの白いページは次第に黒く書き込まれていった。

双極性障害（そうきょくせいしょうがい）

双極性障害は、古くは（躁うつ病）と呼んだ。

双極性障害は、気分が高まる『躁状態』と心のエネルギーを失う『うつ状態』が繰り返し現れる、脳の病気です。

躁状態の時には短い睡眠時間でも活発に行動出来たりします。普段よりも自信を持てる反面で集中力、注意力が欠けたり、高額な買い物をしてしまう事があります。

うつ状態になると、一変して、すべての事に対して無気力な抑うつ状態になります。異常に気分が沈み何をやっても、楽しい、嬉しい、という気分が持てなくなります。気分が高揚する躁状態と対極症状です。口数が減る、何もせずにごろごろする、など明らかに元気がなくなります。過剰な心配症になったり、自分を責めたりします。食欲が減少して疲労感を強く感じたりします。自殺願望を口にしたり、実際に自殺を試みることもあります。


ひまりはここまでノートに書いて消しゴムで消したり、書き直して写すのを突然やめた。アッキーは、それまでは、それをぼやっ～と人ごとの様に眺めていた。ひまりはアッキーの顔を見た。アッキーはひまりの顔を見た。

しばらく、ひまりのシャープペンは動かずにノートの上に置いたままになった。そして、アッキーもその単語をじっと見ていた。新聞やテレビでよく見かけているその単語だ。なのにアッキーは鳥肌が立ち、慌てて両手で体をさすってノートから目をそらした。

『自殺』

そんなことがある訳がない。あるはずが無い。医学辞典が間違っている。アッキーは遠くの窓の景色の方をみていたら、ひまりは、また、無言で書き始めた。

双極性障害（躁うつ病）の症状は個人差があります。二十代から三十代前後に発症することが多いとされています。発症当初はうつ病との識別が非常に難しいため、診断までには平均八〜十年ほどかかる事があります。また、女性の発症率が高い『うつ病』とは異なり、男性、女性の間での発症に大きな違いがありません。

双極性障害（躁うつ病）と、『うつ病』は同じような症状があり誤診されることも少なくありません。『うつ病』とのもっとも大きな違いは、気分が高まる躁状態、または軽躁状態があるか、無いかです。双極性障害（躁うつ病）のうつ状態は、『うつ病』と比べて、急激に発症して、比較的に重症です。

双極性障害（躁うつ病）と、『うつ病』はまったく異なる病気です。治療法も服薬の薬も違います。双極性障害（躁うつ病）は、再発率がとても高い病気です。

双極性障害（躁うつ病）は完治するのが困難とされています。

ひまりは、ここまで書くとアッキーの顔をのぞきこんで目を見ながら、

「治るよね、治るよね、アッキーママは絶対に治るよね」

思わず大きな声になって叫んでしまい、静かな図書館に声が響きわたった。ひまりは思わず口に手をあてた。まわりにいた人達は、ひまりの声に驚いて振り返ってしまった。アッキーの顔は無表情で冷たい目になっていった。調べれば調べるほどアッキーママの病気がわかってきたのだ。ひまりは何度も、治るよね、と問いかけた。アッキーはひまりが段々とうるさくなり耐えられなくなってきた。アッキーはひまりを残して、先に帰る、とだけ言い図書館を出て帰っていってしまった。机の上には辞書も本も広げっぱなしである。ひまりは私もアッキーと同じ気持ちなんだと、誰かアッキーに声を届けて欲しかった。ひとり取り残されたひまりは、ノートの上に顔をうつ伏して、何とも表現できない切なさに耐えるしかなかった。


アッキーは自宅に帰りすぐにベットに飛び込んだ。仰向けになり天井の幾何学模様をぼっ〜と眺めながら、

『双極性障害（躁うつ病）は完治するのが困難とされています』

この言葉がいっときも頭から離れないでいた。アッキーはなんだか心が折れそうであった。いや、もうぽっきり折れていた。見て見ぬふりをしていた現実が目の前に迫ってきた

のである。頭の中から払いのけたいのにどんどん大きくなり、図書館で調べた文字たちが切り裂かれた刃のようにとがっていた。

確かに以前のような元気なアッキーママを返して欲しいと何度も思っていたが、その一方でごろごろ寝ているのを蹴飛ばしたい衝動になった事があるのも事実だった。アッキーママが居ないと思えばいいと最悪な考えをしていた自分に吐き気がした。ずっと現実に目をそらして気付かないふりをしていた様々な出来事が一気に襲ってきた。その晩、アッキーはあまり眠れずに朝を迎えた。学校に行ってひまりの顔を見たくないと、初めてアッキーは思った。外の天気はよく晴れていたが、アッキーの心の中は灰色の濁った水がうねるように回っていた。そして、重い足どりで教室のドアを開けた。

ひまりが、そのドアの音に気付き振り返った。アッキーだとわかりその姿を目で追いかけたが、アッキーはまるでひまりを避けるように浩司に声をかけた。

「おっす、浩司。おはよ、今日、放課後空いてる？　一緒に遊ぼうぜ」

アッキーは昨日のひまりと図書館で色々と調べたことは忘れてしまいたかった。

常夏

ずずず

ここは病院ではあるが常夏《とこなつ》ハワイアンズなのだろうか？　バカンスに来た訳ではないからアッキーママはどんよりとするしかなかった。大滝ナースが、

「アッキーママ、ニュースよ、ニュース。アッキーママはこれから特別室に移動よ」

「移動ですか？　どんな部屋ですか？　日当たりの良い静かな部屋がいいです」

「ピンポン、極上のお部屋をお取りしてきましたよ。七〇七号室、ラッキーセブンが二つもあるわね、そして角部屋よ。予約してもなかなか入れないのよ。アッキーママって本当に運を招き寄せるみたいね、羨ましいわ」

「羨ましいですかぁ～、私は運を招き寄せてるなら病気になってないと思います。早く病気が治って自由になりたいです。はぁ～、でも七〇七号室って良い響きですね」

「そうでしょう、そうでしょう。とても静かな一番奥の部屋よ、さあ、移動しましょう」

アッキーママが移動の支度をしようと立ち上がると、大滝ナースは、

「そのままでいいから、スーツケースはベッドの足元に置いてね。サイドテーブルは七〇七号室に新しい物があるわ。さあ、アッキーママはベットに座っていていいのよ、そのままで。エレベーターで行くわよ」

なんだか大滝ナースがやけに気忙しいのが気になりアッキーママは不思議に思い聞いて

みた。

「どうしてそんなに急ぐのでしょうか、同じ部屋の人達に挨拶したいです」

「そんなこと言っていたら、予約が取り消されるわ。いやでしょう、それでもいい？」

大滝ナースはもうアッキーママに有無を言わせない勢いがあった。エレベーターボタンを押すとすぐに扉は開き、アッキーママはベッドに乗ったままエレベーターに押し込まれた。それはスノボで滑り落ちるようで爽快感があった。どうやらエレベーターは下に下がっている様子である。七〇七号室って七階の見晴らしのいい部屋よねと、アッキーママの不安が次第に恐怖へと変わるのにそれほど時間を必要としなかった。後ろを振り返り大滝ナースに尋ねようとした、が、そこには大滝ナースは居なかった。アッキーママとスーツケースがベッドの狭い空間を息苦しくさせていた。それからすぐにドスンとエレベーターは止まった。


エレベーターの扉は開いた。なんだ、大滝ナースはいたずらでもしたのだろうか、そこは常夏ハワイアンズでないか、教養ある表現で言うならばフランスの美術館のようでもあった。本当に絵を描いている人もたくさんいた。ぬりえを大人がする事は今は立派な趣味の領域に入るだろう。そのフロアの壁には素敵な花たちや静物画、風景画が飾ってあった。あっ、田畑さんの絵も飾ってあるではないか、絵の下に田畑さんの名前を素早く見つけたアッキーママは嬉しくなった。その絵は面白い形をした楽器のようであり秋色の音色が飛び出してきそうだった。秋色のそれは学校では見たこともないし、もちろん習ったこともない。よくよく見ると名前の下に、『たんぽぽ理事長賞』なんて表彰されている。あとでう～んと田畑さんを褒めてあげたいとほくそ笑んでいるアッキーママだった。なんだか開放感があると感じたのは天井が高いからだったようだ。大きな窓ぎわの隅に薄いピンク色した胡蝶蘭が飾ってあった。とにかく、とにかく天井が高いのだ。感動しているアッキーママは、一瞬、心臓の鼓動が『どすん』として血管収縮の音が確かに聞こえた。ここは地下七階かも知れない。そうでなければスノボで滑り落ちる爽快感と、滑降の恐怖心をあのエレベーターの扉のところで感じる訳があり得ないではないか。ここは常夏ハワイアンズ、地下七階。七〇七号室の招待状がアッキーママのところへ優しくふぁっ～と届いたのであった。

七〇七号室

アッキーママはただただ首と頭を振り回して、その高い天上のブースを見上げた。やはりここは常夏ハワイアンズ地下七階であった。地下七階の建物なんて有るのだとピュアに感じていたところへ、『ずずずっ』と近寄ってくる男がいた。それはもう還暦ちょっとまえか、それよりもうとっくに過ぎているか、年齢判断表などこの世にある訳ないのだが近寄って来た男は『にだっ〜』と笑った。アッキーママは、え〜、やだっ〜とびっくりしてしまった。前歯が一本しかないのである。アッキーママにとってあまりにもセンセーショナルであった。驚いたアッキーママに至近距離六〇センチまで近寄ってくると、

「初めまして。俺、前歯一本だよ。どこから来たんだい？　C－1からかい？　後でここら辺を案内するからな。これから大滝ナースを探すといいよ。大滝ナースはここではトップレディだからな。何でも聞くといいよ。部屋の場所を教えてくれるよ」

一方的に喋り、そして前歯一本は前歯一本を見せながらも、屈託のない親父の笑顔がそこにはあった。そして踵を返すとまた皆の中へ紛れて行ってしまったのだった。

辺りの空気圧を重苦しく感じながらアッキーママは、ベッドとスーツケースを傍らに置き大滝ナースを待っていた。これ以上ここに居たら前歯一本みたいな変な人がまた、近寄って来そうである。早く七〇七号室でホッとして寛ぎたい気分であった。予約殺到している七〇七号室とはどんなところだろう。不安にさせたり喜ばせたり興奮させたり大滝ナースは本当に意地悪おばさんである。まったく厄介だとアッキーママは考えていたら、やっと大滝ナースが息を少しだけ荒くし、小走りにかけながら再びやって来た。小走りになると大滝ナースのボインがわさわさと揺れるのをアッキーママは可笑しくて口をつぐん

で小さく笑った。

「お待たせ、七〇七号室に移動しましょう。七〇七号室の前の患者さんの手続きに案外と時間がかかってしまったわ。その患者さんはC－1に戻ることになったのよ」

「C－1ですか～？　私が最初に入院したところですね」

「そうそう、まず初めに入院する場所なんだけどまた、治療法が最初に戻ってしまったの。アッキーママはそんなことがないように頑張りましょうね」

「はい」

と、答えたものの治療法が最初からなんてどういう意味なのだろうと考えていると、不安な気持ちになる暇もなく大滝ナースはスーツケースを載せたベッドを動かして堂々と、そして悠々と前を歩いていくではないか。アッキーママは大滝ナースの後ろをあわててくっついて七〇七号室に向かった。そこはアッキーママにとってメリーゴーランドのような極上の人生の始まりだった。

「わ～凄い、綺麗、そして広～い。ここを私ひとりで使っていいんですか？　素敵。でも、あのう～差額ベッド代はかかるんですか？　おいくらですか？　高いのですか？」

アッキーママは矢継ぎ早に大滝ナースに質問した。

「うふふ、差額ベッド代を気にするなんて、いじらしいわね」

「気になりますよ。アッキーパパに負担ばかりかけてますから」

「大丈夫。ここは差額ベッド代なんてないわよ。この部屋は『ホゴニュウイン』の人のための部屋よ」

「ホゴニュウイン?」

大滝ナースはまた後で説明するからと、

「この洋服に着替えてね。可愛くてお洒落よ。ホゴニュウインの方の制服だからね。まもなくお昼ご飯だから、『レストラン・菜』まできて頂戴な、よろしくね」

それを言うと小走りで消えていった。胸はボインなのに後ろ姿は驚くほど華奢であった。

アッキーママは大滝ナースの言う通り制服を着ようとした、が、これのどこが可愛くてお洒落なのだろうか、ただのジャージであった。それに赤なのかエンジ色なのか、曖昧な色はどこか寂し気で暗い色である。チャックもボタンもポケットも付いてはいなかった。上着を肩からそして首を通しズボンをはいた。とても地味でお洒落とはほど遠いじゃないか、アッキーママはちょっと思わず口に出してしまった。大滝ナースの嘘つきと思いかけた時、これって刑務所の制服に似てるような気がした。

だが、そんなつまんない考えはすぐに消えてしまった。レストラン・菜はどんなところだろう、どんな人がいるのだろうか。さぁて、今日のお昼ご飯は何だろう、アッキーママはルンルンと小躍りして歩くより本当は、スキップしたい気持ちを抑えてレストラン・菜へ向かった。

レストラン・菜

なんだろうか、地下七階というのに一階フロアまでの高い、うん〜と高い吹き抜けは、レストラン・菜の空間をものすごく広く大きく感じさせていた。窓ガラスは透明ではないのだから外の景色はまったく見えない。けれどかえってその乳白色のガラスからこぼれ落ちる鈍い光はどこかほっと安心感があり心地良さをかもしだしてアッキーママを迎え入れてくれた。そう言えば今日の天気はどうなのだろう。雨か台風か、それとも快晴か、曇りか、雪のはずはないだろうけれど、ここはいつでも気温が二十度、常夏ハワイアンズだった事をアッキーママはすっかり忘れていた。暑くもなく寒くもない、そして季節を感じるものは何ひとつ無かった。日付を気にすることも無い。ただ、アッキーママは火曜日と金曜日の週二回、ドクターの診察があった。それだけを覚えていれば良かった。大滝ナースに文句を言っても、ドクターと相談してね、ドクターと相談してねと少し困ったような顔を無理に作って笑うだけであった。

レストラン・菜にはすでに五、六十人はいるだろうか、ものすごい人混みである。お正月の福袋を買い求める人達のように集まってワゴンカートに群がっている。アッキーママはレストラン・菜のシステムが解らず、大滝ナースを探そうとしていたら、前歯一本がまたしてもニタニタと前歯一本を見せながら近づいてきて、おもむろに、

「おい、こっちだ、ついておいでよ」

これまた馴れ馴れしく言うのだったがアッキーママは仕方なく前歯一本の斜め後ろに付いて歩いていった。

「ここのワゴンカートの中からあんたのネームプレートを探しな。間違っても他の人のご飯を取ったりするなよ。糖尿病食や年寄りの刻み食、はたまたアレルギー食なんかあるからな。ちなみに俺は蕎麦アレルギーなんだが、心配することなんかないよ、蕎麦なんてこのレストラン・菜のメニューにはないんだよ」

そう言うとまた前歯一本は厚い唇を大きく開いて、がはは、と笑ったのだった。その下品なダミ声の笑いに周りの人たちは遠巻きに前歯一本とアッキーママを見た。アッキーママは前歯一本と仲良しだと、間違っても勘違いされては困ると思うが、何となく困っている時に登場してくれるのである。そこのところは有り難いと心の中でありがとうを言った。

アッキーママは自分のネームプレートを二度ほど確認をすると、そ～っと静かにお昼ご飯を取り出した。さあて～どこで食べるのだろう？　席が決まっているのであろうか？　おたおたしているところにまたまた、前歯一本がやってきた。

「こっち、こっち、こっちだよ、あんたの席をリザーブしといたからな」

アッキーママは前歯一本の口から、『リザーブ』の単語が発せられ、何だか不釣り合いで可笑しくなって小さな声だがふふっと、笑みがこぼれ落ちた。

アッキーママと書いたトレーの上には、大盛りの白いご飯、小さく切ってあるお豆腐とわかめのお味噌汁。お味噌汁の具は申し訳なさそうに遠慮しているのか、汁の下に隠れている様だった。そしてから揚げ。これはレストラン・菜で揚げているのか、はたまた冷凍か、考え始めたが考えるだけ無駄なことだと思ったアッキーママであった。調理をせずに食べれるのだ、食器は洗わなくていいのだ。感謝、感謝と思わなくては。そして、きゅうりの漬物。これでおしまいである。なんて表現したらいいのか、サラダも欲しい、果物も食べたい、欲を言えばアロエヨーグルトも食べたい。これはわがままなのだろうか? ふと、アッキーやひまりはどうしているだろうか、今、お昼は何を食べているだろうかと、ざわざわと心が騒いだ。無性にひまりに会いたくなった。アッキーに会いたくなった。たまらなく会いたくなった。

挨拶回り

質素、なんて言ったらバチがあたりそうである。とてもヘルシーで健康的なお昼ご飯をアッキーママはぺろりと残さずに食べてしまった。あんなにすごい、てんこ盛りの白いご飯も上げ膳、据え膳で心から感謝してご馳走さまをした。あれっ、何かみんなが一列に並んでいるではないか、何なのだろうか？　最後にデザートにプリンでも出るのか、まごまごしていると、前歯一本がまたまたやって来て、

「おい、飯はもう食ったかい？　そしたらあの列の最後の人の後ろに並んでおいで」

「なにがあるのですか？」

「まあ、お楽しみにしておこう。終わったらまた、レストラン・菜で待ち合わせをしよう。ここの常夏ハワイアンズをたんまりと案内するからな」

前歯一本は一方的に伝えるとどこかに消えてしまった。

次々と人が減りアッキーママの番になった。あっ、やっと大滝ナースに会えた、が、大滝ナースは忙しそうに手を動かしながらも優しく言うのだった。

「アッキーママ、お昼ご飯はちゃんと食べた？　はい、これはアッキーママのお昼のお薬よ。今、ここで飲んでね、確認するわ。時々嫌がって吐き出す人もいるのよ。薬はみんなそれぞれ違うからね、絶対に間違ってはならないの。今はゆっくりと話せないけれど、前歯一本にアッキーママの事を頼んであるから、何でも聞いてね。しばらくしたら七〇七号室に様子を見にいくから、またね」

「はい、お願いします」

アッキーママのすぐ後ろの人は、いらいらとじれったそうに薬の順番を待っていた。

前歯一本のことは、そういうことだったのか、大滝ナースに信頼されているのなら案外、いい人なのかも知れない。常夏ハワイアンズを案内してくれるそうだから、アッキーママはここのレストラン・菜で前歯一本を待つことにした。

少しするとゆっくりと歩いてやって来た。

「遅くなったな。ごめんよ、歯を磨いてきたよ。ゆいいつの一本が無くなったらおしまいだからな。ただのじいさんになっちゃうよ」

「は～そうですね」

磨いてきたその前歯をしげしげと見つめるアッキーママであった。

「そうですね、は無いだろう」

前歯一本はまた下品な笑いを辺りにとどろかせるのだった。

アッキーママは最初、前歯一本の後ろを歩いていたのだが、大滝ナースに信頼されているようだし横に並んで歩く事にした。素直に心を開いて解らないことは何でも聞いてみようと思った。

エレベーターで六階に降り立ったその時、常夏ハワイアンズ七階の空気よりもさらに、もわっ～とした風が流れているような気がした。

「ここは、スパ・バルーンだよ。早く言えばお風呂だよ。月曜日と木曜日がお風呂の日だ。俺は風呂好きだから毎日、入りたいんだがな。しかし、ここは病院だから文句は言えないよな。家でゆっくりと湯船に早くつかりたいもんだよ。あっ、でもこの間は九州の別府温泉の湯だったぞ。俺は別府には行ったことがないが、由布院に親戚がいてな、一度だけ遊びに行った事があるよ」

前歯一本は聞いてもいないことを、べらべらと話している。それでもアッキーママは前歯一本のことを次第に憎めなくなってきたので、ぽつぽつと自分のことを語り始めた。

「あら、私も、アッキーパパと由布院に遊びに行ったことがあります。大きな地震がある六日前でした。由布院の金鱗湖の朝霧が忘れられません。病気になる前ですけれど。是非、また、もう一度行ってみたいのですが無理かなと思ってます。今は飛行機や新幹線のチケットの予約なんて気持ちがドキドキして取れません。予約ができても前日に具合が悪くなって、キャンセル料がすごくてびっくりしました。それからは、ツアーでどこかへ行くことはいっさいやめました。友達とはもちろんですが家族旅行も行かなくなりました。胸をばくばくさせてその日を待つことにもうくたびれました」

「わかるよ、わかる。俺も由布院に行った時に体調不良になってな。親戚だから元気になってから遊びに行ったよ。由布岳の紅葉が素晴らしかったよ。もう、俺もツアーの旅行なんて申し込めないよ。キャンセルの可能性もあるし、途中で具合が悪くなったらみんなに迷惑をかけちまうからな。俺にはここのスパ・バルーンが似合ってるよ」

そう言うとまた、前歯一本をきらりと輝かせて、がははと笑うのだった。確かに一見はたからみるとごくごく一般人に見られる前歯一本とアッキーママであった、が、精神疾患はとても厄介で難しくて理解されにくいことが、たくさんあるのが現実であった。昨日まではとても元気だったのに、次の日はひどい『うつ』になりぐったりして寝込むこともよくあることだったのだ。

今度は五階に降り立った。エレベーターの扉が開いた瞬間、ここはどこなんだろうとアッキーママは軽い立ちくらみさえ覚えた。自然の爽やかな空気とはまるで違う宇宙空間がそこにはあるのだった。明るくも暗くもないが電球色のオレンジ色に近い光はアッキーママの後ろに影を作っている。怖さはないが小さな子供が来るようなところではない気がした。アッキーママはなんだかとても息苦しくなってきた。それなのにまわりの人達はとても楽し気で笑っている人もいるではないか。すぐに、アッキーママは隣にいる前歯一本に尋ねた。

「こ、こ、ここは何ですか～？」

「おう、おう、そんな質問が出ると予想はしていたがまさにその通りだったな。ここはな、シアター・ドリームだよ。早く言えば映画館だよ。でも、昔、むかしの二本立てなんてないさ。三つの扉があるだろう。そこが入口だよ。毎日、三つの部屋でなんか、かんか上映しているよ。俺の好きなエロイのは無くてさぁ、残念なんだよな」

「やだっ～」

「そうだよな、ここは病院だからな、ホスピタルだよな、当たり前だよ。でも、朝ドラはないが午後ドラはあるぞ。病院の午後の時間は果てしなく長くてな。面会がなけりゃ暇で暇でしょうがない。ドクターの許可が出てる人は『精神科デイケア』にも出かける人がいるよ。病院から外出して、『デイケア』で一日を過ごすんだよ。看護師、作業療法士、臨床心理士もいてスタッフもみんな優しいぞ」

「『デイケア』では、何をして過ごしているのですか?」

「ゆっくりして何にもしなくてもいいんだが。俺は今、ストラップを作っている途中だ。迷惑ばかりかけている俺のおふくろにあげるんだ。双極性で仕事もできない俺にとにかく優しいんだ。おふくろが死んだらこの世は終わりだと考えちまうよ。今さら結婚なんて無理だろうしな」

アッキーママは、アッキーパパがいてアッキーがいる。そして娘のように恋しく思うひまりがいる。なんだかアッキーママは小さくなって、前歯一本の気持ちに寄り添ってあげることしか出来なかった。

「ごめんよ、暗い話ばかりになっちまったな」

「いいえ、大丈夫です。ところで、毎日、ここのシアター・ドリームに来て何でも見ていいのですか？」

「あ～いいんだよ」

「嬉しいです。何の映画や午後ドラがあるのか楽しみです。毎日、来てしまいそうです」

「アハハ！　そう言うと思ったよ。毎日、来ている人なんていないよ。ここは病院だぞ。そんなに元気な人は退院して家に帰って見れるさ。病院の優しいご配慮でわずかな娯楽を用意してくれてるわけさ。面会の人がまったく来ない患者も案外と多いんだよ。友達の面会は許されてないしな」


「まずはここ常夏ハワイアンズから『デイケア』に通える事が、目標の患者も多いんだよ。退院してもさ、精神疾患の人達はな、仕事に就くことがなかなか難しいんだよ。アッキーママだって主婦の仕事もなかなかできないだろう？」

「はい、その通りです。アッキーのお弁当も作れないんです。朝、起きることが出来ない日も多いんです。体が鉛なんです、重たくて、辛くて、なにもやる気がしなくて。それにうつ、うつ、うつ感が強くて……、何をどう調理したらいいのか頭の中がぐちゃぐちゃで考えられないし、分からなくなります。だから、アッキーパパが毎日、朝、四時半に起きてアッキーのお弁当を作っています」

「だよな、俺たち双極性障害は、普通に暮らすことが出来ないよな」

アッキーママは深くて長いため息をつきながら首を下に沈み込ませた。それでも前歯一本は話をやめない。

前歯一本は二度目の入院だと教えてくれた。前に入院した時から六年の歳月が経っていると聞いた。何故また入院することになったのかまでは話してはくれなかったが、双極性障害（躁うつ病）の難しさをアッキーママも痛いほどわかっていた。

ガチャガチャ

前歯一本は随分と張り切って常夏ハワイアンズを案内してくれていたが、アッキーママは次第に、そして少しずつだが、じわっ～と疲れを感じて来て体がどんよりしてきた。前歯一本に作り笑いしか出来なくなってしまったので、また案内してねと、言い残して七〇七号室の自分の部屋に戻ることにした。七〇七号室までの道のりは案外と遠い気がして、足取りも重くなりゆっくりと一歩ずつ踏み出しながら歩いていた。それでも辺りをキョロキョロと見回して、好奇心だけは誰にも負けないアッキーママであった。おっと、ここは男性の人の部屋みたいだ。四人、五人、え〜っとここは六人部屋だ。あれっ、田畑さんが仰向けに寝っ転がって本を読んでいる。両手でバタバタと手を振るアッキーママになかなか気付いてくれない。少し悩んだが声をかけてみることにした。

「田畑さ〜ん」

本に夢中になっていて呼んでも気付いてくれなかった。何の本を読んでいるのだろう、純文学か、ミステリーか、田畑さんはどんな本が好きなのであろうか？　もう一度、低くトーンを落とし少しだけさっきより大きな声で呼んでみた。すると部屋の人達、全員がアッキーママの方をいっせいに振り返ってしまった。そんなに大きな声を出したつもりは無かったが、ばつが悪くなってしまったアッキーママは首をくすめ、またね、と声には出さずに口だけ動かすと田畑さんは、

「そうだ、そうだ」

と言いながら部屋の入口までやってきた。本の間に挟んであった物をそ〜っとアッキーママに手渡したのだった。

「なあに、これ？」

田畑さんから受け取ったものは緑色の封筒であった。裏をひっくり返すとハートマークのシールはオレンジ色だったがそれよりなにより右下に、ひまりと書いてあるではないか。4Bか、6Bの濃さの鉛筆であろうか、太くてかすれていた。確かにひまりと書いてある。

アッキーママは思わず嬉しくてきゃーと歓声をあげて飛び上がってしまった。すぐに、田畑さんは人差し指を口に当てると、

「秘密だからね」

「なんでこれを持っているのですか？」

「訳はあとで話すよ。夕ご飯はレストラン・菜の一緒のテーブルで食べないかい？」

いつもの癖でバーコードの頭を手でかきながら夕ご飯を一緒にと誘ってくれたのだった。

アッキーママはとても嬉しくなり、すぐに緑色の封筒を開けた。そこにはオレンジ色の便せんにひまりの文字があった。初めて見るひまりの文字だが、どこかいじらしく、愛おしくて、封筒ごとアッキーママは胸にギュッと抱えた。田畑さんもようやくアッキーママに手渡すことが出来てほっと胸をなで下ろしているようである。秘密の手紙をひまりから受け取りハラハラドキドキしていた。田畑さんはその手紙を見せてほしいなんて言う性格ではないが、アッキーママはあまりの嬉しさに、

「田畑さん、田畑さん、ねっ、これ読んで」

「いいのかい？　そんな大事なものを、僕が読んでも大丈夫なのかい？」

見せてもらった手紙に田畑さんは、ほんわかした気持ちと同時に中学一年生のひまりから優しさと心配りをもらったのだった。

アッキーママへ
無理しないでね♥

それだけ、たったそれだけの七文字が書かれていた。ハートマークの色はオレンジ色だった。ひまりはアッキーママの気持ちをすべて解っているような気がした。アッキーママはよく、頑張ってね、早く良くなってね、元気を出してねと、周囲から言われることがうんざりするほどたくさんあった。それは田畑さんも同じであった。頑張ろうとしても頑張れないのである。元気を出してねと言われても元気が出ないのだから病気なのである。無理しないでねの短いひとことにひまりの心からの優しさを感じて涙腺が弱くなったアッキーママだった。田畑さんも本当に良かったねと言ってくれた。

前歯一本も決して嫌いではないが田畑さんとの方が少女の頃に戻れるような気がしてならないアッキーママだった。

アッキーママはあまり長い時間、田畑さんの部屋の入口付近で話していたものだから、みんなからいぶかしげに、そして、にらまれている様な気がしてアッキーママはひまりの手紙を大事に持ちながら足早に七〇七号室に向かった。

その七〇七号室は大滝ナースの言った通り一番奥の部屋で個室である。今までの大部屋とは違う匂いがした。消毒液の香水でもあるのかと錯覚を起こしそうになりながらドアを開けた。あらっ、なんだ、もう一枚ドアがあるではないか、さっきは大滝ナースがドアを開けてくれたのでわからなかったが、今度のもう一枚のドアはやたら重たくて力を入れなければ開かなかった。疲れているアッキーママであったが気合いを入れて、もう一度、えいっと押して、そして、ようやくドアを開ける事が出来たのだった。さっき、大滝ナースと初めて入った七〇七号室の部屋と同じ空間が広がっていた。わあ～と感動している瞬間と同時にドアは鈍いが、ガチャリと音がした。確かに『ガチャリ』と音がしたのだ。後ろを振り返ったアッキーママはドアを見つめた。何か頭から足の指先まで、ピリピリッと電気が走り抜けたような気がした。恐る恐るドアノブに手をかけた。ガチャガチャ、開かない。あれっ、もう一度、ドアノブに手をかけた。今度はドアノブに指を強く握りしめてから回してみた。ガチャガチャ。やっぱり開かない。これがアッキーママの精神科閉鎖病棟、双極性障害、急速交代型（ラピッドサイクラー）1型の七〇七号室の物語の始まりだった。

ドアを叩いてみた。誰か通るかも知れない。ドンドン、また、ドンドン。

「誰か～開けて～、助けてください」

ドンドン、アッキーママは何度もドアを叩いていた。

「大滝ナース、来て～、来て～」

ドンドン、次第に手が熱く痛くなってきた。今度は、手のひらでバンバンと、ドアを叩いてみた。ここから一生、出られないのだろうか？　心臓の鼓動がドクン、ドクンと次第に大きくなり鳥肌が立ってきた。それに、アッキーママは極度の閉所恐怖症でもあった。狭くて小さな空間には居られないので電車に乗ることも出来ないのである。どうしてもの時は、いつもアッキーパパが付き添ってくれていたのだ。

ドンドン、バンバン、ドンドン、ドンドン、ドドドドンドン、バババババン

アッキーママは、今度は足でドアを蹴り始めるようになった。それから、部屋の中をウロウロとしてみた。怒りなのか恐怖なのか分からないが、次第にゴリラが檻の中にいる様な気分になった。私って、ゴリラなのかな、どれくらいの時間がたったのだろう。三十分か、一時間か、ここには時計が無かった。時の流れはアッキーママを完全に無視していた。喉もカラカラである。それなのに飲み物が無い。コップ一杯の水さえ置かれてはいなかった。トイレと軽い羽毛ふとんに真っ白なシーツのベッド、そして小さなサイドテーブルがあるだけだった。壁はほんのりとだがクリーム色をしたクロスだ。窓もない、無機質の密閉された部屋は動物園のゴリラの檻よりひどい七〇七号室でアッキーママは騒いでいるのであった。

声を出すこともドアを叩くのも疲れてしまったアッキーママは、もう、泣く力も残ってはいなかった。いちばん奥の部屋なので、誰も通ることはないのだろうか、ぐったりと

ベッドに横になった。天井は低く、何の模様も描かれていないコンクリートがむき出しで氷のように冷たく感じたのだった。目を閉じてしばらく時をやり過ごしていると、ぐうっ〜とお腹がなった。こんな時でもお腹が空くアッキーママは自分に苛立ちを覚えるのと同時に人間はおかしな物体だと客観的に考えていた。すると、また、ぐうっ〜とお腹がなった。ここは夕ご飯も出ないのだろうか、アッキーママの絶体絶命のピンチか？　もうくたびれ果てて再び目を閉じそうになった瞬間だった。

ガチャリと、音がした。ノックも無い、何だろう？　鍵が開いたのか、誰か来たのか、アッキーママはあわててベッドから飛び起きた。

「あら〜お待たせ〜。ごめんなさいね。夕食を持って来たわよ」

その大滝ナースの声を聞いてアッキーママは思わず抱きつくと涙が溢れてきた。それなのに、何事もなかったかのように大滝ナースは笑いながら、サイドテーブルに夕食のトレーを置いた。そして、

「あんまりドアを叩いていると『拘束』になってしまうわよ」

ドアを叩いているのも知っているではないか、どうしてだろう、ビデオカメラかマイクでもあるのだろうか？　アッキーママは聞きなれない『拘束』の言葉の意味がまったく解らないでいたら、大滝ナースは微笑みながらしかも平然と、

「手と足をベッドに縛ることよ。ベッドから動けないわ。ここは『保護入院』だからね。

本人の意思が無くてもドクターの判断であれば、手と足を縛ったとしても何も問題は無いわ。国で決められた制度だからね。今までは、アッキーママの意思で同意がある、『任意入院』の扱いで入院して来たけれど、今日から『保護入院』の扱いに変わったのよ。さっきこのジャージに着替えたでしょ。これを着ている人が保護入院の人達よ」

「保護入院？　拘束？」

アッキーママの顔はみるみると青ざめて引きつり始めた。それでも大滝ナースは常夏ハワイアンズの残酷なシステムを話し続けるのだった。

「アッキーママは最近とてもハイテンションで元気だけれども、それは双極性障害では『躁』の状態よ。元気過ぎるの。気分が良いのはわかるけど、ここで少し落ち着くまで、おひとり様を楽しんで頂戴な」

「なんで、なんでですか？」

「そうしないとまわりの人達に迷惑をかけるわ。アッキーママ自身もどんどんテンションが上がり『躁』の状態がひどくなってしまうわ」

「そんなことありません。最近はとても元気で気分が良いです」

アッキーママは大滝ナースに食って掛かった。

「だから、気分が良ければ良いほど双極性障害の患者は注意が必要よ。ジェットコースターと同じよ。気分が上がれば上がるほど急降下するわ。つまり、『躁』の状態から重い、

『うつ』になってしまうわ、それでもいい？」

　アッキーママは大滝ナースの説明を聞いていても半分も理解できないでいた。今はこんなに元気なのである。なにがジェットコースターだ、急降下だ、それのどこがいけないのだ、反論したい気持ちを抑えて、

「アッキーパパに連絡を取りたいです」

「もう、既に連絡してあるわ」

　アッキーママはしばらく呆然として何も考えられないでいた。そんな事ってあるのだろうか、ひどい仕打ちじゃないかと大滝ナースのことを、口をへの字にして鋭くにらみつけた。それなのに大滝ナースは、幼稚園児でも扱うような口調で、

「ほらほら、ご飯を食べて。七〇七号室は一番奥だからどうしてもご飯やお味噌汁が冷めてしまうの。だけど、今日は特別に調理室でほかほかご飯を頂いてきたわ。さあ、食べて、食べて」

　そして、大滝ナースは紙コップに薄茶色の液体をポットから注いでくれた。湯気が出ていないので熱々ではないようだが、叫び続けていた喉にはちょうど良く、ごくごく、ごくんとアッキーママは一気に飲み干してしまった。その液体は麦茶であった。大滝ナースはすぐにもう一杯、おかわりの麦茶を注いでくれた。なんとも言えない様々な感情がアッキーママの心の中で渦巻いていた。そして、トレーの隅にあるもうひとつの紙コップには

水が入っていることを教えてくれた。ガラスのコップでもない、陶器のカップでもない、プラスチックでもない、使い捨ての紙コップである。

「これは、ここで薬を飲む時のお水よ。今日はアッキーママが夕ご飯を食べてお薬を飲むのを見届けるわ」

「レストラン・菜の列に並ばなくていいのですか？」

「ここ常夏ハワイアンズの七〇七号室は特別室よ、食事もルームサービスよ」

「みんなと一緒に食べたいです。田畑さんと約束しました」

「まあまあ、しばらくはルームサービスを堪能してね。歯ブラシも付いているからここで磨いてね。外に出る必要はまったくないのよ」

「それは出られないって事ですよね？」

「ふふ、しばらくしたらきっとここから出られるわ。それはアッキーママ次第よ」

そんな事を言われても不安が不安を呼ぶだけではないか。それなのに大滝ナースは平然としていて、アッキーママの食後の薬を飲んだのを確認してから勤務が終わるのだと教えてくれた。

「帰るんですか？　私、夜は大滝ナースが居ないと不安です」

「大丈夫よ。一時間ごとに他のナースだけど見回りをしているから、安心して寝ていていいのよ」

確かに静かではあるが静かすぎて、かすかな物音さえしない特別室は闇の中へ放り出された猫のようだ。田畑さんはどうしているか、前歯一本はアッキーママを探しているだろうか、色んな事を考えてしまう。それでも今日は大滝ナースは夕ご飯をアッキーママが食べ終わるまで付き合ってくれるようだ。

今日の夕ご飯のメニューは、やはりてんこ盛りのご飯だがふりかけが付いていた。そして、ししゃも二本、お豆腐とお麩のお味噌汁。お豆腐は箸ですくおうとするのだが、まるで金魚すくいのようだ。お麩は二つだけが、ぷかぷかと浮いていた。それと、たくあん三切れ、以上である。なんともわびしいが、上げ膳据え膳なのだとアッキーママは感謝して食べることにした。こんなにショックでもお腹は空いているのか、また、ぐっ～とお腹がなった。かたわらで大滝ナースは笑いながらアッキーママのベッドにちょこんと腰かけた。アッキーママは腹ペコだったことを思い出して、夕ご飯を胃袋に急いで流し込むようにパクパクと食べていった。そして、アッキーママが食べているのを眺めながら、大滝ナースは誰にも言ってないのよと、前置きしながら話し始めた。

「私にはね、中学三年生になる娘がいるのだけれど、学校に行ってないの」

アッキーママは目を大きく開けてびっくりして箸を止めた。

「えっ、そうなんですか！」

「小学校の高学年の頃からかしら、学校でなにがあったのか話してくれなくて。無理に手を引いて学校の門まで連れて行ったことも何度もあったわ」

大滝ナースは、アッキーママの顔を見ずにクリーム色の壁に向かって普通のトーンの声で話し続けた。

「訳があって私が離婚した頃から娘は心を閉ざしてしまったわ。コンビニにも行かないの。ずっと家にいるわ。けれど、我が子が『不登校』とか『引きこもり』だとは絶対に思いたくないの。私に原因があるのだと自分を責める日が続いたのよ。でも、しばらく前から私が仕事の時は、娘にお弁当を作っているのよ。時々、キャラ弁に挑戦して作ってみたりしてるのよ、うふふ」

アッキーママは、キャラ弁の意味がまったく解らなかった。アッキーママはアッキーのお弁当を作った事がないのである。大滝ナースは、働きながらも頑張ってお弁当を作っている。アッキーママは退院したら大滝ナースのようにキャラ弁と言うお弁当に挑戦してみたくなった。アッキーパパと一緒にキャラ弁を作れる日がいつかくるのだろうか。大滝ナースのしんみりとした話に夕ご飯を食べながら相づちしか打てないでいるアッキーママであった。

オカリナ演奏会

　ある日、田畑さんが見慣れない物体を大事そうに抱えているのを前歯一本は見逃さなかった。

「おい、田畑さん、体調どうだい？　俺はここのところいい感じだよ」

　やはり前歯一本は誰に対してもなれなれしく、良く言えば人懐こいのだがこれも、また『躁状態』の時があるから要注意であった。本人の認識もなく、誰かれ話しかけては大滝ナースに注意される事がしばしばあった。常夏ハワイアンズで最初にアッキーママに話しかけてきたのも、やはり前歯一本であった。大滝ナースは前歯一本の素因を既に分析済みであった。

　前歯一本はその田畑さんの見慣れない物体をしげしげと見ていた。手の中に割とすっぽりと安定よく収まり流線形は所々に小さな小さな洞穴があいている。茶色の彩色は程よく使い込まれたぬくもりがそこにはあった。前歯一本はまたも人懐こい笑顔で無造作に田畑さんに近寄り話しかけた。先ほどから田畑さんはひとことも言葉を発していなかった。

「こんにちは、前歯一本さん。僕はここのところ調子がいいです。睡眠導入剤がよく効いているようでしっかりと睡眠がとれています。やはり薬には頼りたくは無いですが上手にきちんとドクターの診察で睡眠薬を利用して、しっかりと睡眠が取れると翌日調子の良い時が僕は多いです。助かってます」

「そりゃ、なによりだな。睡眠はとても大事だぞ。一晩の徹夜が『躁状態』を悪化させちまうからな。徹夜で勉強なんて俺達には出来ね〜もんだな。まあ、そんなにテスト勉強することもなくなっちまったよな。ガハハハッ。それはそうと、なんだい？　それは？」

「あっ、これですか、オカリナです」

「オカリナ〜？　どこかで聞いたことがあるな、へ〜、ハーモニカみたいに吹くのかい？」

「まあ、そんなところです」

「おい、ここで何か吹いてくれよ。リクエストは出来るのかい？」

「とんでもないです、今、一曲練習しているところです」

「ほう〜、そうかい、じゃ、練習曲を俺の前で誰にも見られない所で披露してくれよ」

「披露ですか、披露ですよね……」

「そうだ、俺をかぼちゃだと思えよ、あれ、じゃがいもだったか？　まあ、どっちでもいいよ」

　前歯一本に畳み込まれるようにしてエレベーターの扉横に、こそっと二人して座った。あんなに恥ずかしそうにしていた田畑さんはいきなりリップクリームを出してきて唇に潤いを与えていた。前歯一本は声も出さずにみとれていた。これは儀式なんだろうか、神妙な面持ちで耳を研ぎ澄ましてその時を待った。すると、田畑さんのオカリナから五つの音が飛び出した。その五つの音はあちこちに舞い上がっては落ち、落ちてはまた舞い上がった。ト音記号、おたまじゃくしが田畑さんのバーコードの頭を興奮させていた。あれっ、前歯一本にとってこの曲はなんだか懐かしかったのだ。昔、聞いた事がある。いや、最近も小さな子供が歌っていたのを、ざわざわと思い出してきたのだった。その二秒後には田畑さんのオカリナの音色と一緒に前歯一本は楽しそうに歌い始めていた。

あまりにも息が合い前歯一本は滅多に見せない屈託のない少年にタイムスリップしていた。田畑さんもあんなに恥ずかしそうにしていたのが嘘のように誇らしげに吹いている。体の上半身をゆるやかに動かしてオカリナと一体化しているようだ。

オカリナの音色がぴたっと終わると静寂な空気に一変した。田畑さんも練習をずっとひとりでしてきたので前歯一本との一緒のハーモニーに驚くとともに充実感に酔いしれていた。ほんの少しすると前歯一本は田畑さんの目を真剣に見てこう言った。

「どうだい、みんなの前で吹いてみようぜ。喜ぶぞ。暇で暇で刺激のない患者らに聞かせてやろうぜ、どうだい？」

急に言われてもそんなことは考えたこともなく驚いて、田畑さんはただ目をパチパチ、そしてまた、パチパチとさせ、無言でいるのだった。

「よし、明後日の午後二時からレストラン・菜で、オカリナ演奏会なんてどうだい？」

ものすごい提案にまだたじろいでいるしか出来ない田畑さんは、遠くの乳白色の大きな窓ガラスを見つめていた。

「なあ、みんなに元気を少しでもあげられんじゃないか？　たまには俺たちも常夏ハワイアンズで何か楽しむことも必要だぜ。誰かひとりでもオカリナ演奏会を良かった、楽しかったと感じてくれたら、それでいいじゃないか。たったひとり、いればいいさ、なあ、俺は、ド音痴だがオカリナと一緒に歌うぞ、いいかい？」

「う〜〜ん、う〜ん、うん、はい」

田畑さんの最後の『はい』の返事はとても小さな声だったが、大きな決断をしたのだった。恥ずかしがり屋で人の前にしゃしゃり出るタイプではない田畑さんだが、前歯一本の『たったひとり』の言葉に感動さえ覚えて、心が大きく動かされたのだった。

田畑さんの小さいが『はい』の言葉ですべては決まった。前歯一本は大滝ナースに許可を取って来るからとすぐに飛んで行ってしまった。もう、後戻りできない。ただ、田畑さんはとても不安な事があった。明後日の当日、具合が悪くなったらどうしよう、体調が急に悪くなって、みんなに迷惑をかけたらどうしようかと大きな決断はすぐに不安に変わっていった。

自分の代わりは居ないのである。それがどれだけのプレッシャーになるのかは、双極性障害の人にしかわからないだろう。

どうしようか、どうしようか、どうしようか。

田畑さんは悩み、不安になり、かすかだが身体が小刻みに震えだした。

サポート

そのころ、ひまりもモヤモヤした気持ちと闘っていた。図書館で見つけた医学辞典に書かれていた内容に思わず衝撃を受けたひまりだったが、アッキーママがどんな病気と闘っているのかやっぱりちゃんと知りたい。辛くても目を背けたくない。そう思い、もう一度図書館に行くことを決意したのだ。

この前の医学辞典が置かれていた棚の前に行くと、ふと一冊の本に目が留まった。それは、医学辞典とはまったく違う明るい装丁の本で、ひまりに早く読んでと叫んでるようにも感じた。それは闘病記なのだろうか。ページをめくると優しい言葉でわかりやすく書いてあるように感じたので、この本を借りることにした。

図書館をあとにしたひまりは、廊下で偶然アッキーを見かけた。

「アッキー」

少し離れた場所にいたが、ひまりは思い切って叫び、アッキーのもとに駆け寄った。

「おお、ひまり、どうしたんだ?」

「あのね……この本、どう思う？　私、借りて帰ろうと思うの」

少しびっくりした表情でしばらくその本を見つめていたアッキーだったが、やがてぽつりと話し始めた。

「実は俺もその本、気になってたんだ。あの後、やっぱり気になってもう一度図書館に行ったんだ。明るい表紙だったから思わず手にとったんだけど、でもやっぱり怖くて、中は見れなかったんだ……。ねえ、ひまり、一緒に読もうよ」

アッキーの、一緒に読もうよ、の言葉の抑揚が何故だか、とても男っぽくひまりは感じた。

大袈裟なのかも知れないが、アッキーママの病気を解ってあげられる同志なのだと心からひまりは嬉しくなった。

二人はもう一度図書館に戻ると、空いていた席に座った。ひまりはさっそく本を手に取るとパラパラ、後ろからパラパラ、また前からパラパラ。アッキーは最初から読みたいタイプだから、ひまりのその読み方が気になったがここは傍観者になろうとした。すると、ひまりは唐突に声を上げた。

「アッキーママ、何か、高価な買い物する？」

「高価な買い物か～、はてな～」

「車とか、家とか、ダイヤモンドとか？」

「そんなのある訳ないじゃん」

「そっか、良かった。衝動的に高価な買い物するのが、双極性障害1型、なんだって。アッキーママは違うね」

「あっ、でも、この間、元気な時にはひとりで近くのデパートで国産のマンゴーを買ってきて、アッキーパパに怒られてたよ。国産のマンゴーはすごい高いらしいんだ」

「えっ、それって高価な買い物になるのかな？」

「車とマンゴーは違うだろ」

「そうだよね〜」

ひまりのそうだよね〜、の言葉をかみしめていると、そう言われればとアッキーは思い起こしたのだった。

しばらく前に、アッキーママとアッキーパパは激しく口論していた。洗濯機を買い替える契約をアッキーママはひとりで決めてきた。ドラム式洗濯機がどうしても欲しかったのだとアッキーママは譲らない。まだ使えるじゃないかと、アッキーパパに諭されてキャンセルに行っていたらしい。元気で明るくなった時に、一方的で攻撃的にアッキーパパと話をしていることはアッキーはたまに耳にする事があったが、少しするとアッキーパパと穏やかに話をしていた。

マンゴーにドラム式洗濯機、アッキーには、ちんぷんかんぷんであった。

また、ひまりは、「回復のための心構えだってさ」と言っている。

「薬を飲み続けていることを罪悪感に思わないことだって。糖尿病や高血圧の薬と同じように考えましょうだって。そして、一番に大切なのは、病気を受け入れること。これができれば治ったのも同じなんだって。アッキーママは、受け入れてる?」

「そんなのわかんないよ。心の中まではのぞけないよ」

「アッキー、たまにはカッコイイことを言うね」

「からかうなよ」

そう言いながら、二人は並んで一冊の本を食い入るように見ていたのである。

「私は、例えば白血病なんて言われたら、受け入れるどころか、泣きじゃくっているな」

「だよな～、俺は、アッキーママは、今、双極性障害と格闘しているのではないかなと思っているんだ。わかんないけどさ」

「ここ見て、ピーターラビットだって。……いや違った、間違った。そんなにかわいい言葉じゃないよね。『ラピッドサイクラー』だった。年に四、五回以上、躁状態、うつ状態を繰り返すことだってさ～。アッキーママはどうなの?」

「年に四、五回どころじゃないよ。半月寝ていて、一週間元気とか。その逆とかだな。一カ月間、元気なことなんて無いさ。いままでも全く無かったよ」

「そんなに、ころころ変わるなんて心も体も疲れるよね、きっと」

「だよね、うん」

「でも、アッキーママは、そんなことちっとも感じさせないね」

「きっと、鈍いのだろ」

「私は真剣に話してるのよ」

「わかってるよ、ごめんごめん」

「双極性障害には1型と2型があるんだって」

とひまり。アッキーはひまりの顔をしげしげと見つめると、

「血液型みたいだな」

「もうまたふざけてる！」

「ちがうよ、ごめんって」

実際、1型と2型って、1型の方がひどいのかな？　アッキーは考え始めた。アッキーママは1型なのか2型なのか、とても曖昧なのである。

先日、おばあちゃんの喜寿のお祝いの席に体調が良くて出席できたのはいいけれど、それが半端なく陽気で親戚中に挨拶して回り、笑い声が絶えなかったのである。普通はすぐにクールダウンするのに、次の日に写真をプリントアウトして発送していた。親戚からのお礼の電話も長電話になり、アッキーパパに注意されていた。そして、二日後、ガクンと

口も聞けない程の重い『うつ状態』が長かったのを記憶している。

医学辞典やこの本だけで、アッキーママの双極性障害を理解することは難しそうだ。ひまりには直接、面と向かっては言えないが、厳しい現実を叩きつけられたアッキーであった。

そんなアッキーをよそに、今度は「ここに周囲の人のサポートが書いてあるよ」とひまり。

「何か私たちにできることってあるのかな～？」

そこにはこのように書かれていた。


周囲の人はどのようにサポートすればいいでしょうか？

躁状態の時には、患者さんは気持ちが高ぶっていて、自分が偉くなったように感じているので、普段は大切に思っている家族や周囲の人に対して、尊大な態度を取ったり、激しく罵倒したりすることもあります。ひどいことを言われて悲しくなったり、腹が立ったりするのは当然のことですが、躁状態が治れば、普段のその人にまた戻りますので、ひどいことを言われても、その人の人格ではなく、「病気」が言わせているのだと考えて、いつものその人に戻れるように、サポートすることが大切です。

また、患者さんにとってはうつ状態が一番辛いものであり、患者さんは躁状態を軽く考える傾向があります。一方、家族にとっては、躁状態が一番心配なので、家族はうつ状態を軽く考える傾向があります。

このように、家族と本人の間では、考え方にギャップがあって当然だと考えた方が良いでしょう。

患者さんの症状によって、家族が感情的となり、家庭内のいざこざがストレスになって、また再発を繰り返す、という悪循環を防ぐためにも、よく話し合って、お互いに理解を深めることが大切です。

特に、躁状態の初期徴候については、事前によく本人と話し合っておき、躁状態の前兆が出てきた時には、早めに病院にかかることによって、激しい再発に進展する前に対処することができます。

この病気は、症状が現れるのは患者さん一人でも、家族全体に大きな影響を与えます。家族全員にとっての課題と考え、協力して取り組むことによって、乗り越えていくことができるのです。

公益社団法人日本精神神経学会資料（加藤忠史 理化学研究所）

「家族で協力すれば乗り越えていくことができる……か」

ほんの少しだけだが、前向きに考えられそうな気がしたアッキーであった。

図書館の休館日

「えっ、何で図書館開いていないんだ？」

「ほんとだ、なんでだろう？」

アッキーは入口の薄暗いドアに顔をおもむろにペタリと貼り付けた。

「あ～ぁ、月末整理日だった、そんなの忘れてるよね。覚えてなんかいられないよな、ひまり」

「うん」

最近は、特に馴れ馴れしいアッキーの物の言い方を感じてしまうひまりだった。

「あの本、持ってきたか～？」

「うん、返せないね」

「だいたい、読んじゃったから夜間返却ボックスに戻しておくか？」

「う～ん、う～ん、まだ良くわからなかったんだ。でも、アッキーママの気持ちは少しだけ解ったような気がしたんだ。私、まだ返却しないで借りてようと思う」

「俺もさ、だいたい読んじゃったけど、でも解ったような、解らないような、でも、解らないよ。無理だよ」

「一緒に暮らしていても、わかんないの？」

「あの本は、あくまでも本なんだよ。教科書とは違うんだ」

「そうそう、私もそう思ったんだ。教科書じゃないから答えが見つからなかったんだ」

「難しい医学辞典じゃないからやさしく書いてあるけど、アッキーママの病気のほんの少しわかっただけだよ」

図書館の入口付近で立ったまま話していたから、ひまりは段々と疲れてしまったとアッキーにそのことを告げた。アッキーは、このままひまりが家に帰りたいと言いそうで怖くなってきたので、すぐにゆっくりと出来るところを探した。図書館と言っても、そこはカフェもあり、音楽ホールもあり、ギャラリーでは地域の人達の個展も開かれていた。所どころにソファやベンチが点在していて、飲み物を飲んだり、軽いおやつを食べながらお喋りしている人達がいた。帰りたいと言われないようにアッキーの頭の中はマッハのごとく脳細胞が発射台の上をぶっ飛んだ。すると、いちばん左の隅の外の緑の樹々たちが見える席が、今、ひとつ空いた。アッキーは駆け出して自分の鞄を椅子の上に乱暴に置いた。右隣りのおばちゃま三人は大きく口を開けて大笑いして止まらない。すぐには空きそうになかったが、ひまりを手招きさせると座らせた。ひまりは返すはずだった本を膝の上に置くと、ふぅ～と軽いため息をついている。アッキーはどうにかしなくちゃ、どうにかしなくちゃ、このままだとひまりと同じ時を過ごせなくなってしまう。少し、休んだら帰るからと、ひまりは訴えるに違いない。どうするか？　まずい、やばい、どうしよう、アッキーはピンチを悟った。

あっ、そうだった。ここは桜図書館だった。桜の樹々がたくさんあるから桜のソフトクリームが名物だったのを思い出した。カフェで二、三人が並んでいる光景は当たり前で、ここに来たらみんな桜のソフトクリームを食べて帰ろうと言うほど小さな町の名物である事を、アッキーは忘れていた。おもむろに、ひまりにちょっと待っててと言うとカフェの入口に小走りに急いだ。前にお客さんが二人いた。アッキーは自分のお財布を開けるとう～んと心の中でうなった。二つ買えるおこづかいは、入っていなかった。それでもアッキーはちっとも悲しくなかった。ひまりが喜んで美味しそうに食べてくれたら、アッキーは充分満足だった。ひまりが抹茶ソフトクリームが大好きなのは、もうすでに知っている。ひまりの嬉しそうな顔を頭に描きながら順番を待った。

「桜のソフトクリームをひとつ、テイクアウトでお願いします」

カフェに入って食べる人もいる。カフェでミートソーススパゲッティや、ピザを食べたあとに名物の桜のソフトクリームを食べて帰るお客さんがたくさんいた。アッキーは桜のソフトクリームを手に取るとひまりの席に急いだ。すると、あんなに賑やかにお喋りしていたおばちゃま達は消えていた。ひまりは隣りの席にアッキーの鞄を置いて少しだけ不安げで、そして疲れているのか背もたれに背中をうずめて待っていた。

「お・ま・た・せ」

と言いながらアッキーはひまりの頭の上に乗せておどけて見せた。二つ買えなかった男の、まだ少年ではあってても恥ずかしさと悔しさだった。アッキーはひまりにひとつ買ってきたのだからアッキーの分はない。遠慮して食べてくれないか、それとも、ひまりはお財布をだすのか、どきどき、ばくばくとアッキーは心臓の音がなっていた。すると、ひまりはさっきまでの疲れた暗い表情から花火のように、ぱっと一瞬に変わった。とても嬉しそうに、

「ありがとう。一度ここの桜のソフトクリーム食べて、みたかったんだ。一緒に食べよ」

と、言うではないか、一緒に？　桜のソフトクリームを一緒に食べるのか？　それって、もしかしたら、もしかしたら、えっ～～、間接、間接キスってことだよね、え～いいのか～？

アッキーの異様なまでの驚きに気付かないで、ピンク色した冷たく甘いソフトクリームをひまりは三口ほど舐めると、はい、と桜のソフトクリームをアッキーの顔に近づけた。

「ありがとう」

「とっても美味しいよ、桜の花びらの塩づけが細かく刻んで入っているみたい。甘いクリームとちょっとしょっぱい花びらがすごいマッチしてるよ、早く食べないと溶けちゃう

よ、ほらほら」

ほらほら、なんて言われてもこれはアッキーにとって、人生初の衝撃的な出来事になったのだった。


「ねえねえ、アッキーママが具合が悪くなると、どうなるの？」

「別にお化けに変身する訳じゃないけど、それに近いかも」

「お化け屋敷のお化け？」

「うん、まず口を利かなくなる。まったく話さない。髪型もぐちゃぐちゃ。シャワーもあびないもん」

「なんで？　シャワーを浴びたらサッパリして具合悪いのも良くなるんじゃないの？」

「うん、そうだよな。それは俺も思うよ。でもさ、よくよく考えれば俺、インフルエンザにかかった時、お風呂に入りたい、なんて思わなかったからな。家の中で苦しそうに、インフルエンザにかかったみたいにいつも寝ているから、少しはアッキーママの気持ちがわかるんだよな。一緒に暮らしてなければ、わかるはずないさ」

「そっか〜、ごめんね、サッパリなんて言って」

「ひまりが謝ることじゃないよ」

「アッキーママのご飯はどうしているの？」

「基本、バナナと牛乳みたい。夕食は食べないよ。アッキーパパが炒飯を作って食べろ、食べろって言っても要らないってか細い声で返事をしてるさ。それに二階から降りて来ないから何日も顔を合わさない事も、しょっちゅうさ」

「え～、え～」

ひまりは言葉を失った。そして、

「初めて、コンサートでぶつかった時のアッキーママじゃなくなるんだね。『うつ』ってそんなになっちゃうんだ。辛すぎる」

そう言うと、もう、アッキーには何も尋ねることはしなかった。さっきまで白い三日月がほんのりとだいだい色に変わっていた。桜図書館の椅子から見えている、その三日月の上に四十五度に傾いたひこうき雲がひまりに何かを伝えていた。

ロック解除

実は、アッキーとひまりは必死の思いで、手紙を渡した日以降もアッキーママのお見舞いのために何度も病院に行っていた。そのことさえ、アッキーママ本人には誰も知らせてはくれなかった。アッキーとひまりをアッキーママと会わせる事は、辛い『うつ』を深くさせるだけなのだ。しかし、『躁状態』が無くなり普通のアッキーママになると個室からは追い出される。次の患者が空室になるのを待っているのだ。普段の明るいアッキーママは時が経てばまた『うつ』が容赦なく襲う。そんな時はみんな賑やかな大部屋に移動しているのだ。静かにしていて欲しいアッキーママなのに同室の患者は、楽しそうに売店で買ってきたポテトチップスを仲良く食べたりしていた。人それぞれ、病名が違うのだ。治療法も薬も違うのだ。仕方のないことだがアッキーママは真面目に、いや明るく希望をもって入院してきたのだ。アッキーパパの愛に包まれ、アッキーとひまりに再び会う為に。元気になって再び会う為だけに。

アッキーママは、七〇七号室の特別室でつまらなくて、つまらなくて、たまらなかった。誰も話す人がいない。ルームサービスは都内の夜景が煌めく高層ビルの光を感じながら、食事をする事に意味があるのだ。窓もない、ただの耐火金庫のような閉塞感、そして最初に感じた七〇七号室の部屋の広いスペースはもう六畳一間のようで、酸欠状態にでもなりそうだった。ルームサービスに来てくれるナース達はまったく無言で食事を運び、そしてまた、何も話さないどころか無視しているかのように食事を下げに来た。話しかけても何も返事が返ってこない。大滝ナースでさえ笑顔を見せてくれるだけで、さっさと七〇七号室をあとにした。誰とも会話をしていない。みんなで楽しくレストラン・菜でご飯を食べたい、シアター・ドリームで午後ドラを見たい、スパ・バルーンでゆっくりと湯船につかりさっぱりしたい。そしてお風呂から出たら、レモンスカッシュなんか飲みたい。そんな小さな夢も叶うこと無く時間が、いや日々が過ぎていた。診察の時にも七〇七号室へドクターは診察にやって来た。大脱走した患者が以前いたそうだ。アッキーママはそんな事をしないに決まっているのに、常夏ハワイアンズのお約束ごとはかなり細かく厳しかった。『躁状態』で拘束されない、手足を縛られていないだけアッキーママは幸せなのだと悟る境地にあった。地獄と言うのでは申し訳ないが、鉄格子のない監獄のようにも感じているアッキーママであった。こんなに元気になって嬉しいのに、その元気を風船の中にでも押し込まれて何処へも飛べないでいた。常夏ハワイアンズのシステム、いや掟はあまりにも厳しく辛いものであった。

アッキーママが七〇七号室にいる時、田畑さんのオカリナ演奏会が始まろうとしていた。アッキーママはオカリナ演奏会を聴くことが出来ない。出来る訳が無い。七〇七号室は厳重に二重ロックがかかっているのだ。そもそもレストラン・菜でオカリナ演奏会が行われる事など知る由もなかった。つまらない七〇七号室で『躁状態』が収まるのを待っていた。しかし、その扉は開いた。開いてはならない扉が開いた。その扉の向こうには、大滝ナースがニコリともせずにアッキーママの目を見て立っていた。

「静かに私に付いていらっしゃい。黙っててね。誰とも口を利いてはダメよ。これは規則違反行為ですからね。オカリナ演奏会がこれから開かれます。一番後ろの席で私と一緒に聴きましょう」

アッキーママはキャラ弁の話をした人とは別人のような大滝ナースに只々驚いていた。何も言えずに、はいと返事をするのが精一杯である。規則違反行為の言葉がどんなことなのか意味も分からずにいた。そして、大滝ナースはまた続けて言うのだった。

「アッキーパパに連絡をしました。息子さんと、そのお友達ひとりなら一緒に聞くことが出来ると伝えてあります。三人でオカリナ演奏会に駆け付けると返事がありました」

大滝ナースはそれだけを言って一番後ろの席に二人して座った。これから始まるドラマは大滝ナースの人生の大きな決断であった。大滝ナースはこれをアッキーママとの最後の思い出にしようとしていた。さぁ、もうすぐ田畑さんが登場するはずである。前歯一本もアカペラで歌う為に登場するはずである。レストラン・菜には患者や面会人たちがざわざわと、そしてわいわいと集まってきた。

まず、前歯一本は近くのテーブルや椅子を中央に移動し始めた。舞台ステージのように設定していった。三十席ほどの椅子を並べると大きな声で叫ぶかのようだが、明るく爽やかさを意識して声を出した。

「みんな、おいでよ」

いつもの下町情緒あふれる抑揚の声で、オカリナ演奏会の雰囲気を台無しにさせてしまわないように、前歯一本は気を付けた。三十席は多いのか少ないのかまったく解らなかったが、あまり派手にすると田畑さんが緊張してしまうことを懸念したのだ。田畑さんは昨日はよく眠れなかったらしい。睡眠薬は極度のストレスにはあまり効果が無かったようだ。田畑さんは隅の隅で椅子に腰かけていた。前歯一本の歌に合わせて吹くだけでいいと言われたが、練習曲のその曲はまだまだ自信をもつには、あまりにも早過ぎたのだろうか？だが前歯一本の前では堂々と演奏できたのだから大丈夫と田畑さんは自分におまじないをかけていた。何度か前歯一本と大滝ナースの前で練習をしてきた。そして、誰にも見られないように隠れるようにして練習をしてきた。

レストラン・菜で、こじんまりとだが立派なオカリナ演奏会を行いたいと思っているのは前歯一本と田畑さんだけでなく、大滝ナースもそうだった。前歯一本はオカリナ演奏会を開催することを事前に大滝ナースに相談していたが、大滝ナースはドクターに許可を得ていなかった。大滝ナースの独断なのだ。ドクターに申し入れ、もしダメと言われれば、もうオカリナ演奏会を開催することはできなくなる。すべてが大滝ナースの計らいであった。

並べられた椅子に少しずつ患者が座り始めた。その中で二列目にひまりの後ろ姿があるのを、アッキーママは素早く見つけた。そして、その横にはアッキー、アッキーパパの後ろ姿もあった。

さあ、オカリナ演奏会の始まりである。
前歯一本は歌い始めた。患者、いや観客も一緒にぽつり、ぽつりとだが歌い始めた。

あるこう　あるこう　わたしはげんき
あるくの　だいすき　どんどんいこう
さかみち　トンネル　くさっぱら
いっぽんばしに　でこぼこじゃりみち
くものすくぐって　くだりみち

前歯一本も案外といい声をしている。次はいよいよ田畑さんのオカリナ演奏のハーモニーである。緊張しまくりで前に出て来た田畑さんは、オカリナを持つ手が震えて止まらない。
オカリナを口もとに持っていくのだが、息を吹き込めない。すると、後ろの席から、

あるこう　あるこう　わたしはげんき
あるこう　あるこう　わたしはげんき

何度も、ワンフレーズを怒鳴るかのように勇ましい声を出して歌う人がいた。それは紛れもない大滝ナースであった。皆が振り返った。アッキーとひまりも振り返った。アッキーとアッキーママの視点が合う。そして、ひまりとアッキーママの視点が真っ直ぐに合った。そこには笑顔もない、驚きもない、会話もない。待ち焦がれていたのだが何の動揺もなかった。一番後ろに座っていた意味がわかったからだった。

田畑さんは、大滝ナースの勇ましい声に押されるように、見事に吹き終わった。田畑さんは、ぐったりとしながらも、どこかほっとして嬉しそうである。すると、アッキーが、アンコール、アンコール、アンコールと手を頭の上まで持ち上げて叫ぶではないか。ひまりは一番後ろにいるアッキーママの目を一瞬振り返って見た。そうしてから、アッキーと同じようにアンコールの声と手を振った。アンコールは何度も、レストラン・菜に鳴り響いていた。

金平糖

病院には散歩の時間はない。学校にあった長テーブルのような小さな敷地を何度も徘徊するようだとアッキーママは思った。いや、具合が悪いから入院しているのであって、散歩は健康な人がする健康法なのだと皆が思っているに違いない。もうアッキーママは入院して一年近くたつのだ。肩にようやくかかっていた髪も胸の下まで伸びてしまった。本当にこれから普通に歩くことなんて出来るのだろうかと、アッキーママには灰色に濁った水たまりのようにしか、将来を描けなくなっていた。

大滝ナースが、ふらりとアッキーママの部屋にやってきた。入るなり突然、両手を握りしめて、

「どっちだー」

何も言えずにいるアッキーママの顔を面白く堪能してから、また、

「どっちだー」

と叫んでいる。アッキーママは適当に左手を指差した。大滝ナースの手が開かれると、そこには小さな金平糖がきれいな赤いセロファン紙でぎゅっと詰め込まれていた。

「当たり〜、大当り〜〜、アッキーママは明後日、退院です。ドクターから報告がありました〜〜」

完全にテンションが上がりっぱなしの大滝ナースであった。アッキーママは何も言えずキョトンとするばかりである。アッキーママは治ったのだろうか？　いや、今までも色ん

な薬を試してきたのである。『うつ』が来なくなったのだろうか？　ドクターがサジを投げたのであろうか？　なにもわからないアッキーママであった。でも、とにかく家に帰れるのだ。アッキーパパとアッキーの住む家に帰れるのだ。そして、ひまりはアッキーママを忘れずにいてくれているだろうか？　アッキーママの目からぽわんと涙が出てきた。それを見ていた大滝ナースの顔もみるみるうちに、くしゅくしゅになっていった。

「私、今日で病院、辞めるの」

ぽつりとだが大滝ナースは突然言い放った。

「来週の金曜日に娘と映画を見に行く約束しているの。娘と出かけるなんて夢みたいなの」

そう言うとまた、顔をくしゅくしゅにして泣いている。そして、大滝ナースは涙を両手でぬぐうと、

「アッキーママとは今日が最後の日よ。病院では患者に、またね、は無しよ。アッキーママは、絶対、再入院してきちゃダメよ。では、さよなら、さ、よ、な、ら」

大滝ナースは扉に吸い込まれるように小さくなって消えていった。

かたわらに赤いセロファン紙の金平糖があった。

二日後、アッキーママもそぉっと病院から消えていった。

花咲合宿

ずずず

　蝉しぐれの音色が美しく奏でる頃には、アッキー、ひまり、キーコ、浩司が仲良し四人組となった。それぞれ四人の感情というか、恋とか、愛とかは解らないが、心の天秤は小刻みに揺れながらも平衡を保とうとしていた。アッキーはひまりが好き。そしてキーコはアッキーが好き。ただこれだけなのだが天秤は片方に大きく傾いたり、揺らいだり、忙しそうな時もあり、それなのに平衡のまま、ちっとも動かなかったり。青春のキュンとした物語がこれから賑やかに始まろうとしているのだった。

　ある日、キーコがアッキー、ひまり、浩司の三人を教室の後ろの掃除ロッカー近くに呼び寄せた。

「今度の土曜日、みんなで家に泊まりに来ない？　うちのお父さん、お寿司屋さんなの。友達みんなを呼んでいいよって。家でお寿司パーティーしようよ」

「本当に行ってもいいのか？」

　やっぱりいちばん先にくらいつくように聞いてきたのは浩司だった。

「いいの、いいの。お父さんから言ってくれたんだもの。お寿司食べ放題だってさ」

「いいね、いいね～俺、絶対に行く」

浩司がいちばん乗り気でヤッホーとガッツポーズなんかとっている。まぐろにいか、たこ、えび、うに、いくら、みんな食べ放題なのかと聞くと、今にも、よだれが出そうに頭の中で想像を膨らませている浩司である。

「その代わり花咲団地だから狭いよ〜。みんな雑魚寝だからね。今度の土曜日、津田沼駅に四時集合よ。パジャマだけ持って来てね」

言うだけのことを言うとキーコはテニスの部活へさっさと行ってしまった。アッキーの返事もひまりの返事も聞かずに、キーコは瞬く間に消えていってしまったのだった。

アッキーはせっかくキーコが誘ってくれたのだから、みんなで楽しくお寿司パーティーに行こうと決めて、ひまりの方を見るとずっとうつむいたままである。下を向いたまま教室の床をジッと見ていた。そして、急に顔を上げると、

「私、行かない」

ひまりは小さな声だが凛とした声ではっきりと言ったのだ。

「なんでだよ、一緒に行こうぜ、せっかく誘ってくれたんだからさ」

浩司が懸命にひまりを誘った。確かにキーコはアッキーの事が大好きである。教室ではみな口にこそしないが誰が見てもわかるのだった。そして、また、アッキーはひまりの事が大好きなのである。これもはっきりとした事実であった。浩司があたふたと困っているところに、アッキーは口を挟むように語りかけた。アッキーは少しだけかがんでひまりと

の目線を合わせる様にすると、

「いやなのか？　行こうよ、一緒にさ、行こうよ」

それでもひまりは口をへの字に曲げて何も返事をしなかった。もう一度アッキーは、

「一緒に行こうよ。俺がついているよ、なっ」

ひまりは無言のままだが、次第に顔の頬がほんのりと赤くなり、こくんと頷いた。アッキーの『俺がついているよ』の言葉をしっかりと聞いてしまった浩司はこんな時どうしていいか解らず口笛を吹きながら廊下に出たのだった。ひまりだって、キーコがアッキーの事を大好きなのはわかっている。アッキーはひまりのどこがいいのだろうと思ってしまうのだった。キーコの方が勉強も出来る、可愛い、明るい、スポーツも万能なのにどうしてだろう、神様は意地悪である。アッキーとキーコはお似合いに見える。少なくともキーコはひまりを好んでいないはずである。しかし、ひまりは芯の強いところも持ち合わせている。やっぱり、やっぱり、アッキーとキーコが二人で楽しそうにするのは嫌だった。どうしても嫌だとひまりは思ったのである。

さぁと言うか、やっと待ち焦がれた土曜日がやって来た。津田沼駅に四時の約束に初めに着いたのは、あんなに嫌がっていたひまりだった。それがものすごい出で立ちなのである。赤いリュックサックの中には大きな枕、右手にはこれまた手提げ鞄からウサギのぬい

ぐるみだろうか、そんな物まで持って来ていた。そのウサギのぬいぐるみの耳が可愛らしくちょこんと出ていた。少しするとアッキーがやって来たがひまりの出で立ちに呆れるしかなかった。そのアッキーのすぐ後、最後に浩司がやって来たが肩に小さなショルダーバッグしかかけていない。パジャマなんか必要ないさ、このまま寝るからと言っている。ひまりと浩司を比べるとアルプス山脈登山隊と、ただの散歩人のようであった。

まさかこれから、ひまりの淡い恋心が変わり、そして、浩司の電撃的な出会いと未来、キーコの深い落胆と絶望が始まるとは知るよしもなかった。


それぞれの荷物と、そしてそれぞれの笑顔を持ってキーコの住む花咲団地にやって来た。津田沼駅から花咲団地までごとごとと、みんなはバスに揺られて停留所までやって来た。まず始めにアッキーが降り立った。キーコはこの日をどんな想いで待ち焦がれていただろうか、キーコは熱い胸の内を誰にも言えずに抱えていたのだ。アッキーの陽に焼けた顔を見るなりキーコの心臓は超特急で動き出したのだ。すぐに浩司が顔を出した。

「おっす。今日はよろしくな。お世話になりま〜す」

浩司はキーコの顔をみて挨拶をした。純粋にお寿司パーティーだけを楽しみにしているのは浩司だけなのである。

「こちらこそよろしくね」

アッキーに見せた笑顔の百分の一で挨拶するキーコであった。最後にバスから降りたひまりを見てキーコはお腹を抱えて笑い出したではないか。無理もない、アッキーも浩司も同じ気持ちだった。キーコがあまりにも大笑いしたのでひまりはみるみるうちに涙があふれ出し、持っていた手提げ鞄のウサギのぬいぐるみを胸に抱えて、座り込んでしまった。キーコはごめんね、ごめんねを繰り返して謝るのだが泣き虫なひまりは、しゃがみ込んだまま、涙はダムでもあるかのように放流している。そこで、アッキーがひと言、

「ひまり、いい加減にしろよな。キーコが困っているだろ」

一瞬、四人の時は止まった。蝉の声や公園で遊ぶ小さな子供達のはしゃぐ声も車の急ブレーキの音もすべて消えた。

ひまりは立ち上がり、涙でぐちゃぐちゃの自分の顔を恥ずかしそうにしていたら、アッキーはバッグからハンドタオルをひょいとひまりに渡すと無言で歩き始めた。するとそのすぐ後ろを浩司が縦列駐車のように歩き始めた。ひまりはそのまま立ち尽くしている。

「ごめんね」

キーコは心からの叫びのように、少しきついがそれでも複雑なアッキーへの想いを心でかみ砕いてひまりに謝ったのだった。

縦列駐車の二人の後をちょっぴりだけ離れたが、ひまりとキーコは急ぐようにして歩き出した。キーコは無言のまま半分奪うようにして、ひまりの手提げ鞄のウサギのぬいぐる

みを持ってあげたのだった。キーコの心の中の何かがはじけ、ひまりの心の中の何かが膨らみ始めたその時、夕焼けがやけに眩しく見えた二人だった。

ジンジャーエール

キーコの住む花咲団地はとにかく緑が多く、蝉しぐれは耳が痛くなるほどであった。蝉の脱け殻も珍しくなく、小学生さえそれを手で触れることもなく、あどけない目で見過ごしてしまうのだ。もう、既に興味がないらしい。都会のど真ん中の住人とは違う夏を過ごしているのかも知れない。

キーコの玄関には涼し気な水仙ののれんが下がっていた。青と緑と黄色の彩色は浩司の心をつかんだらしい。絵心のひと欠片も無いと思っていたみんなが驚く発言を浩司はした。
「俺んち、水仙、植わってるんだよ。寒くないと春に咲かないんだよな。俺、水仙の匂いが好きなんだよ～」

キーコが目を丸くして驚いているところに、後ろからもう一人キーコが現れた。同じ顔である。キーコは双子だったっけなどと浩司の頭の中は洗濯機の脱水をしているかのように回り回ったのだった。キーコが妹よ、と、紹介されるまで浩司は口をポカンと開けたままキーコの妹を見つめていた。

夕方五時半からキーコのお父さんのお寿司屋さんが開店した。浩司だけがそわそわ、ふわふわと落ち着かない気持ちをみんなに悟られないように必死だった。キーコと、うり二つの妹にどきどき、している浩司であった。どうやら浩司にも恋の季節がやって来たらしい。キーコには何も感情がわかずにいるのに、なぜ、キーコとそっくりの妹に心を動かされることが浩司自身にも解らなかった。

キーコのお母さんがみんなに、

「遠慮しないでどんどん食べてね。追加注文のオーダー、受け付けてますよ。ほら、どんどん食べて、食べて」

キーコのお父さんは、なめらかに右と左の指を動かしながら、何も言わずに微笑んでみんなを見ながらお寿司を握ってくれている。キーコのお父さんとお母さん、キーコにキーコの妹、アッキーにひまりに浩司。総勢七人で賑やかな夜が始まろうとしていた。

初めはみんな、黙々と食べていた。少し遠慮がちなアッキーに、どんどん食べてねとキーコは優しく言っている。浩司は遠慮どころか、キーコのお父さんがお皿にお寿司を、ほいっと乗せた瞬間に早業でパクパクと食べていくのだった。あまりの早業にキーコの妹は、キーコそっくりの笑顔で笑ったのだった。すると浩司は耳から次第に顔まで赤くなっていくのが自分でもわかった。ヤバイ。浩司はすぐに箸を置いた。

ひまりは、一人っ子だからか、食べる速度がやたら遅いのだ。見かねたキーコはひまりのお皿にまぐろとサーモンのお寿司を取り寄せた。ひまりは口をもごもご、させながら首だけでキーコにお辞儀をしている。キーコは自然とアッキーを見つめてしまう。浩司はキーコの妹を見つめてしまう。

キーコの妹はその浩司の視線にはまったく気付かず、賑やかな夕げを楽しんでいる様子である。

キーコがキーコのお母さんに向かって言った。

「最近、お母さん、パートの帰りが遅いね」

「そうなのよ、今までバリバリと仕事をしていた主任が、体調不良だからって休みがちなのよ」

「そうなんだ」

キーコはお寿司を口に入れたまま返答した。

「主任はとてもいい人でね、だけど、うつ病になったと噂があるのよ。まったく笑わなくなったし、お昼もひとりで食べているわ」

キーコのお母さんの返事を待とうともしないで、キーコは、

「うつ病になるなんて、そんなの、心が弱いからよ。そんなこと言っていたら、みんなう

つ病になっちゃうよ」

悪びれるでもなくキーコは皆の前で堂々と話したのだった。

アッキーママが双極性障害なのを知っているのは、アッキーとひまりだけだった。隠すつもりはないが、言う必要のないこともあるのだと二人は思っていた。キーコはさらに、

「そんな人、辞めちゃえばいいのよ」

ひまりはアッキーの方を見た。アッキーもひまりを見た。ひまりは口の中の食べかけのかんぴょう巻きを完全に胃袋に流し込むと、さらっと、

「いろんな人がいて、いいんじゃない？」

うつ病と双極性障害は、まったく違う病気だが精神科の病なのだ。同じ心の病いである。うつ病にはカウンセリングがとても効果がある場合があるのだが、双極性障害は、カウンセリングはまったく必要ないのだ。不思議なことである。双極性障害にもうつ病と似た症状があるので、アッキーはキーコにアッキーママの事を全否定されたようで悲しかったのに、ひまりは何事もなかったように、キーコのお母さんにジンジャーエールのおかわりを頼んだ。アッキーは、ひまりの勇敢さにただ、尊敬の念まで持つのだった。アッキーのジンジャーエールの炭酸は小さな気泡が消えて、だいぶぬるくなっていた。

お寿司屋さんは閉店となった。キーコのお父さんは朝が早いから先に休むよ、の言葉を

残して隣の部屋へ行ってしまった。

　アッキー、ひまり、浩司、キーコに、キーコの妹の五人になった。キーコのお母さんは後片付けをしている。アッキーはひまりの隣に座っていた。そして、浩司の隣にはキーコ。キーコの隣にはキーコの妹が座った。隣の隣にはキーコの妹が座っているのだが、浩司が話しかけるには少しだけ遠い。それでも浩司は身を乗り出してキーコの妹に向かって、

「お寿司は何のネタが好き？」

　と聞いた。

「何でもみんな好き」

「そうなんだ！　俺も何でもみんな好き」

　浩司はキーコの妹に色々と聞きたいことだらけであった。どんな食べ物が好きで、どんなテレビ番組が好きで、どんな歌手が好きなのであろうか。そして、音楽は何をよく聴いているのか、夜は何時に寝るのだろう、朝は何時に起きるのだろうか、キーコの妹の事なら何でも知りたい浩司であった。が、恥ずかしくて何も聞けずにいた。胸の辺りがざわざわとして心臓から熱い血が沸騰するのではないかと思うばかりであった。

　お寿司パーティーの楽しい時間はあっと言う間に過ぎていった。お腹もいっぱいになってお喋りもたくさんした。そろそろ寝ようかとなったが、浩司はパジャマを持って来ていないことを思い出した。アッキーは青い水玉模様のパジャマに着替え始めたのを横目に、

汗臭いTシャツのままで寝ることが恥ずかしくて仕方が無い浩司である。それぞれが適当に畳の上に寝転ぶとすぐに、ぐっすりと夢の中へ入っていくのだった。

キーコは昨夜のジンジャーエールの飲み過ぎか、朝早くにトイレに起きた。ふと、何気なく辺りを見回すと、アッキーはスースーと寝息をたてている。が、その横にはぴったりとひまりが寝ているではないか。ひまりも気持ち良さそうに寝息をたてている。その光景を見て慌ててトイレに駆け込むとキーコの頬をすうーと流れるものがあった。まだ、涼しい夏の朝の出来事であった。

カレーライス

最近、浩司は気持ちがふわふわふわとして仕方ない。花咲団地の合宿以来ずっとこうなのである。キーコの妹に会いたくて会いたくてたまらないのだ。でも、まさか、キーコの家に押し掛けるわけにはいかない。もう一度会ってみたい。いや、会う。はて～どうしたら良いのだろうか？　日にちが経てば気持ちはしぼんで行くかもしれないと思っていたが、そんな浩司の想いとは裏腹になお会いたくて。けれど、浩司はそんな自分がもう恋に落ちているとは気付いていないのである。

浩司は半月もいいアイデアがないか考えあぐねていた。が、はたとひらめいた。

「おっす、キーコ、元気？　今度、俺の家でカレーライスパーティーをするんだけど、来ない？」

「いいわね、みんな来るの？」

「来る！　来る！　来る！」

浩司はアッキーもひまりにも、まだ話していないのだ。

「みんなでカレーライス作るの？　面白そうだね」

「でしょ、でしょ！」

そして、おそる、おそる、冷や汗をかきながら三日練習してきた言葉を、自然体のようにキーコにさらに付け加えた。

「キーコの妹さんもどうかな？」

「えっ、妹？　あの子、結構忙しいんだよね」

「そうなんだ、でも、誘うだけ誘ってみてよ。お寿司をご馳走になったからさ。今度はカレーライスをご馳走しま～す。カレーではかなり格が下がるけど。ほら、この間、みんなで楽しかったしさ、また集まろうよ」

もう押しの一手の浩司であった。それなのに、キーコは、

「聞くだけ、聞いてみるよ」

かなり素っ気ない返事に、浩司は、神さま～、仏さま～の境地に入っていた。

アッキーとひまりにはカレーライスパーティーの話を後からした。二人とも賛同してくれてほっと胸をなでおろした浩司であった。今回はアッキーとひまりは完全にオマケであるのだ。浩司は二人に心の中で『ごめんよ』と詫びた。

次の日、浩司は早速学校でキーコの妹の返事を聞いてみたが、来週の土曜日の夕方は講習の予定が入ってるらしい。夕方、何時に終わるかわからないとの返事だった。かなり虚しい返事だが希望は持っていたい浩司であった。

カレーライスパーティーは午後三時から午後九時までだ。浩司の両親には外出してもらって自宅を貸切にしてもらった。この契約も浩司の両親から根掘り葉掘り、うるさく聞かれたのだった。誰が来るのか？　女の子は来るのか？　大人はうるさいものだと浩司はへきえきしたのだった。

さあ、カレーライスパーティーだ。みんなで作り、みんなで食べて、みんなで片付ける。その中にキーコの妹は来てくれるのだろうか？　キーコの妹が夕方と言っているなら何時だろうか？　六時に来たとして九時まで三時間を一緒に居られるのだ。三時間は百八十分である。短いようで長くもあり、長いようで短いのである。どうか、どうか、キーコの妹が来てくれるように浩司は毎晩、いちばん星に祈っていたのだった。

ついにその日はやって来た。少しだけ曇っていたため、この先の暗雲が立ち込めないようにと、とても心配している浩司がいた。

国産牛

八千代台駅から程なく静かな佇まいの住宅街に浩司の家があった。始まりは三時からということだったが、二時半頃には、アッキーも、ひまりも、キーコも駅に来ていた。またもやひまりの赤いリュックサックの中には、うさぎのぬいぐるみがあった。キーコは思いっきり冷たく、呆れ顔で言った。

「また、持ってきたの？」

今までのひまりなら、めそめそする所なのに、今日は違っていた。

「家でひとりでお留守番は可哀想なんだもん。でも、今日が最後。本当に最後だから。今度からはひとりでお留守番してもらう事にしたの。もう、うさぎのぬいぐるみが一緒でなくても私は大丈夫だと思うの。本当に、今日が最後にするから、許してくれる？」

ひまりは、キーコに向かって凛と響きわたる大きな声で言ったのだった。こんなひまりをアッキーもキーコも見たことがなかった。ふたりとも、とても驚愕したのだった。

「冷たい言い方をして本当に悪かったわ、ごめんんね」

キーコは済まなそうに謝った。

ひまりの目も、その顔も笑顔に満ちていた。言いたいことをはっきりと相手に伝えることが出来る様になっていたひまりだった。それは、この仲間たちがいたからだとアッキーは強く思ったのだった。


三人でぶらぶら歩いても浩司の家に三時少し前に着いてしまった。両親はもう外出している様子だった。みんなで、お邪魔しま〜すとどやどやと、浩司の家に上がると、浩司は台所やリビングを大慌てで片付けていた。アッキーは、

「そんなに片付けなくてもいいからさ、お客様じゃないんだぞ」

と、大きな声で言ったのだった。

ひまりは赤いリュックサックから、うさぎのぬいぐるみを出してどこか置き場所を探していると、キーコが一緒になって安心して座れる居場所を決めてくれた。キーコはひまりに、にっこりと笑うと軽くウインクしたのだった。

浩司は相変わらず超特急で部屋を片付けていた。もしかしたらキーコの妹が来るかもしれないのだ。そんなところへ、アッキーは、また声をかけた。

「材料、揃ってるのか？　足りなかったら買いに行くよ」

「午前中、買い物済ませてきたから大丈夫だよ。いや、大丈夫だと思うよ。玉ねぎ、人参、

じゃがいも。お肉は奮発して国産牛をたくさん買ってきたよ。足りないものはないよね？」

しかし、浩司はカレーライスパーティーと騒いだところであんまり作ったことが無かった。いや、あんまりではない、皆無に等しかった。誰か作れるだろうと安易な気持ちでいた。ひまりもキーコもいるし、ここは女子力に勝手に期待している浩司だった。

ひまりとキーコは居心地の良い場所に勝手に座り込んだ。キーコはお母さんの居ないひまりに尋ねた。

「ご飯はどうしているの？」

「三合炊いて食べたら、後は冷凍するの」

「おかずは？」

「スーパーマーケットで買ったり、お父さんと一緒に作ったりしてる」

「そうなんだ、洗濯は？」

「週に一回、雨の日はコインランドリーへ行くの」

「コインランドリー？」

「いまは、カフェもあったりするの。雑誌も置いてあるし案外と楽しい時間なんだ」

「そうなんだ……」

なんだかキーコは自分がとても幼く感じた一瞬だった。

時間は見る間に四時半過ぎになった。そろそろ、みんなで仕込むか〜となった。おもむろにひまりは持ってきたエプロンをごく当たり前に身にまとった。キーコはエプロンの発想すら無かった。あ〜ぁ、今日はひまりに負けっぱなしだと、キーコは肩から大きくため息をついた。

狭い台所に四人がいる。人参係、玉ねぎ係、じゃがいも係とわんさか大騒ぎである。ピーラーか、包丁か、二対二に分かれた。牛肉は存在感を出すのだと浩司は言い張り、ごろごろ、石ころみたいに切るのである。国産牛だと言っていたが、何キロ買ったのだろう、いくらしたのだろう。

浩司は気が気では無い。キーコの妹は来てくれるのであろうか？　来れたら、来るとキーコは教えてくれた。なんて曖昧なのだろうか、期待もしてしまうし、裏切られるのもこわい。もう、五時半になるのだ。浩司はそわそわと居ても立っても居られなかった。

遅刻

さあさあ六時になった。ご飯もたくさん炊いたし、カレーもスパイスの効いた味に仕上がった。みんなが小皿を持ち出してきて味見ばかりするから、鍋のカレーがドンドン減っていった。

浩司はだんだんと無口になってきた。キーコの妹はもう来ないのであろうか、諦め半分であった。六時半になった。浩司はもうカレーライスパーティーなんて、どうでも良くなってきた。みんなはテーブルでソーダ水を注ぐと乾杯をして、カレーライスを食べ始めた。アッキーは、もりもりと無言で食べおかわりをする。キーコもおかわり～と言いながらお肉をさがしている。浩司はもう完全に食欲など無くしていた。おしゃべりする気持ちにもならなくて二階へ上がっていった。もう、七時半をとうに過ぎていたのだ。何の為のカレーライスパーティーだったのか、やけくそを通り過ぎて脱力感で横になった、その時、

「こんばんは、遅くなりました」

紛れもないキーコの妹の声だ。

浩司は階段を転がり落ちそうになりながら下り飛び出してきた。落胆していた心に真っ赤な薔薇が咲いたようだ。

「いらっしゃい、いらっしゃい。遅いからもう来ないのかと思ってたよ」

浩司は弾むような嬉しさに飛び上がりそうになり、平静を装うのに苦労していた。

「上がって、上がって。ちゃんとカレー残してあるからおかわりしていっぱい食べて行ってよ」

「遅くなってごめんなさい。家に帰ろうと思ったけどみんなのカレーが食べたくなって来ちゃいました」

「そう、そう、いっぱい食べて、食べて」

浩司はうるさいほどキーコの妹に声をかけている。

キーコは何か感じるものがあった。『はは〜ん』であった。そういうことだったのかと浩司の顔をまじまじと覗き込んだ。ひとしきりの楽しい時間はあっと言う間に過ぎていった。浩司は台所のお茶碗を洗い始めた。自然とキーコの妹は台所へ行きとても楽しそうな会話が聞こえてきた。目の前にはアッキーとひまりの独特な空気感があった。目の前に友達はいるのにひとりぼっちで孤独を感じてしまうキーコだった。強がらないと崩れそうだった。努めて笑顔を取り繕っていたが家に帰って自分の部屋に入ったらすぐにでも泣いてしまうだろう、いや、今でも大声で泣きたかったキーコだった。

パーカー

九時少し前にはカレーライスパーティーは解散となった。外に出てみると点々と雨粒が落ちてきている。みんな、浩司の家から急いで八千代台駅へと向かった。後ろから、気を付けて帰れよなぁ～と浩司の声がこだましていた。

八千代台駅へ着くと、運よくキーコとキーコの妹はすぐに来たバスに乗れた。それぞれ、さよならも言わずに別れた。アッキーとひまりの大久保駅行きの電車は出たばかりであった。じれったい思いで仕方なく次の電車を待っていると、雨は路線を濡らし始めている。風も出て来た。ぽつり、ぽつりと降っていた雨がまたたく間に激しくなってきている。そして、電車に乗り込むと窓からはもう、外の景色は見えなくなっていた。窓には斜めになっている細い雨が次第に大きく太い一本線へと変わり、雨音がとてもうるさくなってきている。ひまりは不安な顔でうさぎのぬいぐるみを抱えていた。


程なくして電車は大久保駅に着いた。アッキーは、

「ひまり、自転車は図書館の下か？」

ひまりはこくんと、頷いた。

アッキーはおもむろに上に羽織っていたパーカーをひまりに放り投げた。そして、

「ここの改札口で待ってろ。風邪をひくからそのパーカーを着てろよなっ。自転車の鍵をくれ、俺が自転車を取って来るから」

その声もよく聞き取れないほど雨の音はさらに激しくなっていた。

自転車を取って来たアッキーは、川にでも落ちたようにずぶぬれである。

「おい、ひまり、後ろに乗れ」

ひまりはうさぎのぬいぐるみを片手で抱いて、もう片方の手でアッキーのTシャツを遠慮がちにつかんだ。

「そんなんじゃ、落っこちるぞ。しっかりとつかめよ、ほら」

すると、ひまりはすぐに雨と風の強さに負けまいと、うさぎのぬいぐるみをアッキーの背中に押しつけるようにして、しがみついた。もう土砂降りである。アッキーは雨の冷たさを感じていたが、ひまりの体の暖かさも感じていたのだった。

ゆるい下り坂はブレーキの効きが難しくて、少しでも間違えると二人とも道路に転げ落ちそうだ。そして今度は急な上り坂になった。ひとりでも上るのは難しいのに、後ろにはひまりを乗せている。はぁはぁ言うと雨が口の中に入り、息をこらしたがもう限界だった。もうダメだと言うと、アッキーはゆっくりと自転車を降り、ひまりも転ばないようにそっと降りた。服は濡れているどころではない。雨の雫がぼたぼたと地面に流れ落ちている。

アッキーが大笑いした。すると、ひまりもつられて大笑いした。

アッキーは自転車を押してそのすぐ後ろをひまりは歩いた。ひまりの家の野中マンションが見えてきた。野中マンションの前に来るとひまりは、

「こわかった。でも本当にありがとう」

しばらく、ずぶ濡れになったままふたりは立ちすくんでいた。

アッキーは思い切って、

「俺は、ひまりが好きだ」

ひまりは雨の音で聞こえないふりをした。

ひまりはびちゃびちゃのうさぎのぬいぐるみを、アッキーの目の前に差し出した。

「これをずっと持ってて。アッキーがずっと、ずっと持ってて」

アッキーはそのうさぎのぬいぐるみを奪い取るようにして、雨の中にまたたく間に消えていった。

借してくれたパーカーはアッキーの匂いがした。ずぶ濡れになっても、確かにアッキーの匂いがしていた。

【著者紹介】
草間かずえ（くさま　かずえ）
1962年11月東京生まれ。八千代東高校卒業後、船橋高等技術専門校にて機械製図を学び、SEIKOに入社。日々の暮らしを大事にして風景や草花、創作料理などを一眼レフに収めて写真をこよなく愛する。J-POPが大好き。2006年、双極性障害を発症する。

JASRAC 出2005671-001

〈出典〉
公益社団法人日本精神神経学会
　加藤忠史先生に「双極性障害」を訊く
https://www.jspn.or.jp/modules/forpublic/index.php?content_id=27

ずずず

2020年10月23日　第1刷発行

著　者　草間かずえ
発行人　久保田貴幸

発行元　株式会社 幻冬舎メディアコンサルティング
〒151-0051　東京都渋谷区千駄ヶ谷4-9-7
電話　03-5411-6440（編集）

発売元　株式会社 幻冬舎
〒151-0051　東京都渋谷区千駄ヶ谷4-9-7
電話　03-5411-6222（営業）

印刷・製本　シナジーコミュニケーションズ株式会社
装　丁　中村陽道
装　画　石川ひかる

ISBN 978-4-344-93033-9 C0093
幻冬舎メディアコンサルティングHP
http://www.gentosha-mc.com/